Philippe Jaccottet

À la lumière d'hiver

Dossier et notes réalisés par
Christine Bénévent

Lecture d'image par
Sophie Barthélémy

folioplus
classiques

Maître de conférences au Centre d'études supérieures de la Renaissance de l'université de Tours, **Christine Bénévent** s'intéresse également à la littérature contemporaine. Elle a publié différents ouvrages parascolaires, parmi lesquels *L'humanisme* dans « La bibliothèque Gallimard » (n° 187) et une étude de *Poésies* et *À la lumière d'hiver* en « Foliothèque » (n° 140).

Conservateur au musée des Beaux-Arts de Quimper de 1991 à 2000, **Sophie Barthélémy** est depuis janvier 2001 en poste au musée des Beaux-Arts de Dijon où elle s'occupe des collections de peintures du XIXe siècle et de l'art contemporain. Responsable du service éducatif du musée des Beaux-Arts de Quimper et, actuellement, référent scientifique pour l'action culturelle du département des publics au musée de Dijon, elle a assuré de nombreuses formations d'histoire de l'art à destination du corps enseignant et participé à la conception ainsi qu'à l'écriture de plusieurs publications pédagogiques.

Sommaire

À la lumière d'hiver

(*Leçons* a été écrit entre novembre 1966 et octobre 1967. Le poème, publié en édition originale chez Payot/Lausanne en octobre 1969 et repris tel quel dans *Poésie 1946-1967* en avril 1971, figure ici dans une version remaniée.

Chants d'en bas, écrit entre mai et septembre 1973, a été publié en édition originale chez Payot/Lausanne en octobre 1974. Le présent texte comporte quelques retouches et deux adjonctions.

Ce sont deux livres de deuil.

Dans *À la lumière d'hiver*, le poème liminaire date de janvier-septembre 1974, la première partie, ébauchée en septembre 1974, a été reprise de novembre 1975 à janvier 1976. La seconde partie date de cette dernière période.)

Leçons

Qu'il se tienne dans l'angle de la chambre. Qu'il mesure, comme il a fait jadis le plomb[1]*, les lignes que j'assemble en questionnant, me rappelant sa fin. Que sa droiture garde ma main d'errer ou dévier, si elle tremble.*

1. Le beau-père de Philippe Jaccottet, Louis Haesler, était imprimeur. Le plomb peut désigner un alliage utilisé en typographie et, par métonymie, l'ensemble des caractères d'imprimerie.

Autrefois,
moi l'effrayé, l'ignorant, vivant à peine,
me couvrant d'images les yeux,
j'ai prétendu guider mourants et morts.

Moi, poète abrité,
épargné, souffrant à peine,
aller tracer des routes jusque-là !

À présent, lampe soufflée,
main plus errante, qui tremble,
je recommence lentement dans l'air.

Raisins et figues
couvés au loin par les montagnes
sous les lents nuages
et la fraîcheur :
sans doute, sans doute…

Vient un moment où l'aîné se couche
presque sans force. On voit
de jour en jour
son pas moins assuré.

Il ne s'agit plus de passer
comme l'eau entre les herbes :
cela ne se tourne pas.

Lorsque le maître lui-même
si vite est emmené si loin,
je cherche ce qui peut le suivre :

ni la lanterne des fruits,
ni l'oiseau aventureux,
ni la plus pure des images ;

plutôt le linge et l'eau changés,
la main qui veille,
plutôt le cœur endurant.

Je ne voudrais plus qu'éloigner
ce qui nous sépare du clair,
laisser seulement la place
à la bonté dédaignée.

J'écoute des hommes vieux
qui se sont accordés aux jours,
j'apprends à leurs pieds la patience :

ils n'ont pas de pire écolier.

Sinon le premier coup, c'est le premier éclat
de la douleur : que soit ainsi jeté bas
le maître, la semence,
que le bon maître soit ainsi châtié,
qu'il semble faible enfançon[1]
dans le lit de nouveau trop grand,
enfant sans le secours des pleurs,
sans secours où qu'il se tourne,
acculé, cloué, vidé.

Il ne pèse presque plus.

La terre qui nous portait tremble.

1. Petit enfant (usage littéraire ou vieilli) et, par extension, personne désarmée, sans défense.

Une stupeur
commençait dans ses yeux : que cela fût
possible. Une tristesse aussi,
vaste comme ce qui venait sur lui,
qui brisait les barrières de sa vie,
vertes, pleines d'oiseaux.

Lui qui avait toujours aimé son clos, ses murs,
lui qui gardait les clefs de la maison.

Entre la plus lointaine étoile et nous,
la distance, inimaginable, reste encore
comme une ligne, un lien, comme un chemin.
S'il est un lieu hors de toute distance,
ce devait être là qu'il se perdait :
non pas plus loin que toute étoile, ni moins loin,
mais déjà presque dans un autre espace,
en dehors, entraîné hors des mesures.
Notre mètre, de lui à nous, n'avait plus cours :
autant, comme une lame, le briser sur le genou.

(Mesurez, laborieux cerveaux, oui, mesurez
ce qui nous sépare d'astres encore inconnus,
tracez, aveugles ivres, parcourez ces lignes,
puis voyez ce qui brise votre règle entre vos mains.
Ici, considérez l'unique espace infranchissable.)

Muet. Le lien des mots commence à se défaire
aussi. Il sort des mots.
Frontière. Pour un peu de temps
nous le voyons encore.
Il n'entend presque plus.
Hélerons-nous cet étranger s'il a oublié
notre langue, s'il ne s'arrête plus pour écouter ?
Il a affaire ailleurs.
Il n'a plus affaire à rien.
Même tourné vers nous,
c'est comme si on ne voyait plus que son dos.

Dos qui se voûte
pour passer sous quoi ?

« Qui m'aidera ? Nul ne peut venir jusqu'ici.
Qui me tiendrait les mains ne tiendrait pas celles qui tremblent,
qui mettrait un écran devant mes yeux ne me garderait pas de voir,
qui serait jour et nuit autour de moi comme un manteau
ne pourrait rien contre ce feu, contre ce froid.
D'ici, j'atteste au moins qu'il est un mur
qu'aucun engin, qu'aucune trompette[1] n'ébranle.
Rien ne m'attend plus désormais que le plus long et le pire. »

Est-ce ainsi qu'il se tait dans l'étroitesse de la nuit ?

1. Référence aux trompettes de Jéricho. Après la mort de Moïse, dans l'Ancien Testament, Dieu s'adresse à Josué et le charge de traverser le Jourdain pour rejoindre la terre qu'il destine au peuple élu. Les Hébreux, arrivés à Jéricho, défilent chaque jour pendant sept jours, accompagnant le coffre de l'alliance et sept prêtres sonnant dans sept trompettes, autour de la ville que protègent de hautes murailles. Le septième jour, les murailles de Jéricho s'effondrent au son des trompettes et des hurlements du peuple.

C'est sur nous maintenant
comme une montagne en surplomb.

Dans son ombre glacée,
on est réduit à vénérer et à vomir.

À peine ose-t-on voir.

Quelque chose s'enfonce pour détruire.
Quelle pitié
quand l'autre monde enfonce dans un corps
son coin[1] !

N'attendez pas
que je marie la lumière à ce fer.

Le front contre le mur de la montagne
dans le jour froid,
nous sommes pleins d'horreur et de pitié.

Dans le jour hérissé d'oiseaux.

---

1. Désigne ici un outil, généralement en métal, que l'on presse sur un objet dur pour en modifier la forme. L'expression « enfoncer un coin », par métaphore, signifie : introduire un élément de division (entre deux personnes, entre deux partis).

On peut nommer cela horreur, ordure,
prononcer même les mots de l'ordure
déchiffrés dans le linge des bas-fonds :
à quelque singerie que se livre le poète,
cela n'entrera pas dans sa page d'écriture.

Ordure non à dire ni à voir :
à dévorer.

En même temps,
simple comme de la terre.

Se peut-il que la plus épaisse nuit
n'enveloppe cela ?

L'illimité accouple ou déchire.

On sent un remugle[1] de vieux dieux.

1. Odeur désagréable, saisissante, qu'exhale ce qui a longtemps été maintenu enfermé dans une atmosphère viciée.

Misère
comme une montagne sur nous écroulée.

Pour avoir fait pareille déchirure,
ce ne peut être un rêve simplement qui se dissipe.

L'homme, s'il n'était qu'un nœud d'air,
faudrait-il, pour le dénouer, fer si tranchant ?

Bourrés de larmes, tous, le front contre ce mur,
plutôt que son inconsistance,
n'est-ce pas la réalité de notre vie
qu'on nous apprend ?

Instruits au fouet.

Un simple souffle, un nœud léger de l'air,
une graine échappée aux herbes folles du Temps,
rien qu'une voix qui volerait chantant
à travers l'ombre et la lumière,

s'effacent-ils : aucune trace de blessure.
La voix tue, on dirait plutôt, un instant,
l'étendue apaisée, le jour plus pur.
Qui sommes-nous, qu'il faille ce fer dans le sang ?

On le déchire, on l'arrache,
cette chambre où nous nous serrons est déchirée,
notre fibre crie.

Si c'était le « voile du Temps[1] » qui se déchire,
la « cage du corps[2] » qui se brise,
si c'était l'« autre naissance » ?

On passerait par le chas de la plaie,
on entrerait vivant dans l'éternel…

Accoucheuses si calmes, si sévères,
avez-vous entendu le cri
d'une nouvelle vie ?

---

1. Probablement contamination de deux expressions : dans les temples juifs, une grande pièce d'étoffe précieuse séparait le saint des saints du reste du temple, et l'on raconte que le voile du temple de Jérusalem se déchira de haut en bas au moment où mourut Jésus. Par ailleurs, dans la liturgie chrétienne, les croix, les statues et les tableaux d'une église étaient recouverts, pendant le temps de la Passion, d'une pièce de tissu, habituellement violette, non transparente, appelée parfois « voile du temps de la Passion ».

2. Pour les mystiques, l'âme est comparable à un oiseau enfermé dans la cage du corps.

Moi, je n'ai vu que cire qui perdait sa flamme,
et pas la place entre ces lèvres sèches
pour l'envol d'aucun oiseau.

Plus aucun souffle.

Comme quand le vent du matin
a eu raison
de la dernière bougie[1].

Il y a en nous un si profond silence
qu'une comète
en route vers la nuit des filles de nos filles,
nous l'entendrions.

1. Peut-être référence à la liturgie de la semaine sainte où, pour témoigner de la solitude du Christ dans son agonie, on éteint progressivement les douze bougies représentant ses disciples, la treizième restant seule à brûler.

Déjà ce n'est plus lui.
Souffle arraché : méconnaissable.

Cadavre. Un météore nous est moins lointain.

Qu'on emporte cela.

Un homme — ce hasard aérien,
plus grêle sous la foudre qu'insecte de verre et de tulle[1],
ce rocher de bonté grondeuse et de sourire,
ce vase plus lourd à mesure de travaux, de souvenirs —,
arrachez-lui le souffle : pourriture.

Qui se venge, et de quoi, par ce crachat ?

Ah, qu'on nettoie ce lieu.

1. Tissu très léger.

J'ai relevé les yeux.

Derrière la fenêtre,
au fond du jour,
des images quand même passent.

Navettes ou anges de l'être,
elles réparent l'espace.

L'enfant, dans ses jouets, choisit, qu'on la dépose
auprès du mort, une barque de terre[1] :
le Nil va-t-il couler jusqu'à ce cœur ?

Longuement autrefois j'ai regardé ces barques des tombeaux
pareilles à la corne de la lune.
Aujourd'hui, je ne crois plus que l'âme en ait l'usage,
ni d'aucun baume, ni d'aucune carte des Enfers.

Mais si l'invention tendre d'un enfant
sortait de notre monde,
rejoignait celui que rien ne rejoint ?

Ou est-ce nous qu'elle console, sur ce bord ?

---

1. Dans les mythologies grecque et égyptienne, le passage dans la mort est souvent symbolisé par une traversée en barque.

S'il se pouvait (qui saura jamais rien ?)
qu'il ait encore une espèce d'être aujourd'hui,
de conscience même que l'on croirait proche,
serait-ce donc ici qu'il se tiendrait,
dans cet enclos, non pas dans la prairie ?
Se pourrait-il qu'il attendît ici
comme à un rendez-vous donné « près de la pierre »,
qu'il eût l'emploi de nos pas muets, de nos larmes ?
Comment savoir ? Un jour ou l'autre, on voit
ces pierres s'enfoncer dans les herbes éternelles,
tôt ou tard il n'y a plus d'hôtes à convier
au repère à son tour enfoui,
plus même d'ombres dans nulle ombre.

Plutôt, le congé dit, n'ai-je plus eu qu'un seul désir :
m'adosser à ce mur
pour ne plus regarder à l'opposé que le jour,
pour mieux aider les eaux qui prennent source en ces montagnes
à creuser le berceau des herbes,
à porter sous les branches basses des figuiers,
à travers la nuit d'août,
les barques pleines de brûlants soupirs.

Et moi maintenant tout entier dans la cascade céleste,
enveloppé dans la chevelure de l'air,
ici, l'égal des feuilles les plus lumineuses,
suspendu à peine moins haut que la buse,
regardant,
écoutant
— et les papillons sont autant de flammes perdues,
les montagnes autant de fumées —,
un instant, d'embrasser le cercle entier du ciel
autour de moi, j'y crois la mort comprise.

Je ne vois presque plus rien que la lumière,
les cris d'oiseaux lointains en sont les nœuds,

la montagne ?

Légère cendre
au pied du jour.

Toi cependant,

ou tout à fait effacé
et nous laissant moins de cendres
que feu d'un soir au foyer,

ou invisible habitant l'invisible,

ou graine dans la loge de nos cœurs,

quoi qu'il en soit,

demeure en modèle de patience et de sourire,
tel le soleil dans notre dos encore
qui éclaire la table, et la page, et les raisins.

Chants d’en bas

Je l'ai vue droite et parée de dentelles
comme un cierge espagnol.
Elle est déjà comme son propre cierge, éteint.

Qu'elle me semble dure tout à coup !

Dure comme une pierre,
un coin de pierre fiché dans le jour,
une hache fendant l'aubier de l'air.
Et ces oiseaux aveugles
qui traversent encore le jardin, qui chantent
malgré tout dans la lumière !

Elle est déjà comme sa propre pierre
avec dessus les pieuses et vaines fleurs éparses
et pas de nom : oh pierre mal aimée
profond dans l'aubier[1] du cœur.

---

1. Partie tendre du bois qui se forme chaque année sous l'écorce autour du cœur de l'arbre d'où, par métaphore, toute matière vivante, tendre et fragile.

Parler

I

Parler est facile, et tracer des mots sur la page,
en règle générale, est risquer peu de chose :
un ouvrage de dentellière, calfeutré,
paisible (on a pu même demander
à la bougie une clarté plus douce, plus trompeuse),
tous les mots sont écrits de la même encre,
« fleur » et « peur » par exemple sont presque pareils,
et j'aurai beau répéter « sang » du haut en bas
de la page, elle n'en sera pas tachée,
ni moi blessé.

Aussi arrive-t-il qu'on prenne ce jeu en horreur,
qu'on ne comprenne plus ce qu'on a voulu faire
en y jouant, au lieu de se risquer dehors
et de faire meilleur usage de ses mains,

Cela,
c'est quand on ne peut plus se dérober à la douleur,
qu'elle ressemble à quelqu'un qui approche
en déchirant les brumes dont on s'enveloppe,
abattant un à un les obstacles, traversant
la distance de plus en plus faible — si près soudain

qu'on ne voit plus que son mufle plus large
que le ciel.

Parler alors semble mensonge, ou pire : lâche
insulte à la douleur, et gaspillage
du peu de temps et de forces qui nous reste.

2

Chacun a vu un jour (encore qu'aujourd'hui
on cherche à nous cacher jusqu'à la vue du feu)
ce que devient la feuille de papier près de la flamme,
comme elle se rétracte, hâtivement, se racornit,
s'effrange… Il peut nous arriver cela aussi,
ce mouvement de retrait convulsif, toujours trop tard,
et néanmoins recommencé pendant des jours,
toujours plus faible, effrayé, saccadé,
devant bien pire que du feu.

Car le feu a encore une splendeur, même s'il ruine,
il est rouge, il se laisse comparer au tigre
ou à la rose, à la rigueur on peut prétendre,
on peut s'imaginer qu'on le désire
comme une langue ou comme un corps ;
autrement dit, c'est matière à poème
depuis toujours, cela peut embraser la page
et d'une flamme soudain plus haute et plus vive
illuminer la chambre jusqu'au lit ou au jardin
sans vous brûler — comme si, au contraire,
on était dans son voisinage plus ardent, comme s'il
vous rendait le souffle, comme si

l'on était de nouveau un homme jeune devant qui
l'avenir n'a pas de fin...

C'est autre chose, et pire, ce qui fait un être
se recroqueviller sur lui-même, reculer
tout au fond de la chambre, appeler à l'aide
n'importe qui, n'importe comment :
c'est ce qui n'a ni forme, ni visage, ni aucun nom,
ce qu'on ne peut apprivoiser dans les images
heureuses, ni soumettre aux lois des mots,
ce qui déchire la page
comme cela déchire la peau,
ce qui empêche de parler en autre langue que de bête.

3

Parler pourtant est autre chose, quelquefois,
que se couvrir d'un bouclier d'air ou de paille…
Quelquefois c'est comme en avril, aux premières tiédeurs,
quand chaque arbre se change en source, quand la nuit
semble ruisseler de voix comme une grotte
(à croire qu'il y a mieux à faire dans l'obscurité
des frais feuillages que dormir),
cela monte de vous comme une sorte de bonheur,
comme s'il le fallait, qu'il fallût dépenser
un excès de vigueur, et rendre largement à l'air
l'ivresse d'avoir bu au verre fragile de l'aube.

Parler ainsi, ce qui eut nom chanter jadis
et que l'on ose à peine maintenant,
est-ce mensonge, illusion ? Pourtant, c'est par les yeux
ouverts
que se nourrit cette parole, comme l'arbre
par ses feuilles.
Tout ce qu'on voit,
tout ce qu'on aura vu depuis l'enfance,
précipité au fond de nous, brassé, peut-être déformé
ou bientôt oublié — *le convoi du petit garçon*
de l'école au cimetière, sous la pluie ;

une très vieille dame en noir, assise
à la haute fenêtre d'où elle surveille
l'échoppe du sellier[1]*; un chien jaune appelé Pyrame*
dans le jardin où un mur d'espaliers
répercute l'écho d'une fête de fusils:
fragments, débris d'années —

tout cela qui remonte en paroles, tellement
allégé, affiné qu'on imagine
à sa suite guéer[2] même la mort...

---

1. Boutique de l'artisan qui, auparavant, s'occupait de tout ce qui concernait les voitures tirées par des chevaux; aujourd'hui des selles et articles de harnachement.
2. Passer à gué (un cours d'eau).

4

Y aurait-il des choses qui habitent les mots
plus volontiers, et qui s'accordent avec eux
— ces moments de bonheur qu'on retrouve dans les poèmes
avec bonheur, une lumière qui franchit les mots
comme en les effaçant — et d'autres choses
qui se cabrent contre eux, les altèrent, qui les détruisent :

comme si la parole rejetait la mort,
ou plutôt, que la mort fît pourrir
même les mots ?

5

Assez ! oh assez.
Détruis donc cette main qui ne sait plus tracer
que fumées,
et regarde de tous tes yeux :

Ainsi s'éloigne cette barque d'os qui t'a porté,
ainsi elle s'enfonce (et la pensée la plus profonde
ne guérira pas ses jointures),
ainsi elle se remplit d'une eau amère.

Oh puisse-t-il, à défaut du grand filet
de lumière, inespérable,
pour toute vieille barque humaine en ces mortels parages,
y avoir rémission des peines, brise plus douce,
enfantin sommeil.

6

J'aurais voulu parler sans images, simplement
pousser la porte…
                    J'ai trop de crainte
pour cela, d'incertitude, parfois de pitié :
on ne vit pas longtemps comme les oiseaux
dans l'évidence du ciel,
                         et retombé à terre,
on ne voit plus en eux précisément que des images
ou des rêves.

7

Parler donc est difficile, si c'est chercher… chercher quoi ?
Une fidélité aux seuls moments, aux seules choses
qui descendent en nous assez bas, qui se dérobent,
si c'est tresser un vague abri pour une proie insaisissable…

Si c'est porter un masque plus vrai que son visage
pour pouvoir célébrer une fête longtemps perdue
avec les autres, qui sont morts, lointains ou endormis
encore, et qu'à peine soulèvent de leur couche
cette rumeur, ces premiers pas trébuchants, ces feux timides
— nos paroles :
bruissement du tambour pour peu que l'effleure le doigt
inconnu…

8

Déchire ces ombres enfin comme chiffons,
vêtu de loques, faux mendiant, coureur de linceuls[1] :
singer la mort à distance est vergogne[2],
avoir peur quand il y aura lieu suffit. À présent,
habille-toi d'une fourrure de soleil et sors
comme un chasseur contre le vent, franchis
comme une eau fraîche et rapide ta vie.

Si tu avais moins peur,
tu ne ferais plus d'ombre sur tes pas.

1. Pièces de toile servant à ensevelir les morts.
2. Honte.

(Je t'arracherais bien la langue, quelquefois, sentencieux phraseur. Mais regarde-toi donc dans le miroir brandi par les sorcières : bouche d'or, source longtemps si fière de tes sonores prodiges, tu n'es déjà plus qu'égout baveux.)

Autres chants

Oh mes amis d'un temps, que devenons-nous,
notre sang pâlit, notre espérance est abrégée,
nous nous faisons prudents et avares,
vite essoufflés — vieux chiens de garde sans grand-chose
à garder ni à mordre —,
nous commençons à ressembler à nos pères…

N'y a-t-il donc aucun moyen de vaincre
ou au moins de ne pas être vaincu avant le temps ?
Nous avons entendu grincer les gonds sombres de l'âge
le jour où pour la première fois
nous nous sommes surpris marchant la tête retournée
vers le passé, prêts à nous couronner de souvenirs…

N'y a-t-il pas d'autre chemin
que dépérir dans la sagesse radoteuse,
le labyrinthe des mensonges ou la peur vaine ?

Un chemin qui ne soit ni imposture
comme les fards et les parfums du vieux beau,
ni le geignement de l'outil émoussé,
ni le bégaiement de l'aliéné qui n'a plus de voisin
qu'agressif, insomniaque et sans visage ?

Si la vue du visible n'est plus soutenable, si
la beauté n'est vraiment plus pour nous
— le tremblement des lèvres écartant la robe —,
cherchons encore par-dessous,
cherchons plus loin, là où les mots se dérobent
et où nous mène, aveugle, on ne sait quelle ombre
ou quel chien couleur d'ombre, et patient.

S'il y a un passage, il ne peut pas être visible,
s'il y a une lampe, elle ne sera pas de celles
que portait la servante deux pas devant l'hôte
— et l'on voyait sa main devenir rose en préservant
la flamme, quand l'autre poussait la porte —,
s'il y a un mot de passe, ce ne peut être un mot
qu'il suffirait d'inscrire ici comme une clause d'assurance.

Cherchons plutôt hors de portée, ou par je ne sais quel geste,
quel bond ou quel oubli qui ne s'appelle plus
ni « chercher », ni « trouver »…

Oh amis devenus presque vieux et lointains,
j'essaie encore de ne pas me retourner sur mes traces
— *rappelle-toi le cormier*[1], *rappelle-toi l'aubépine*
brûlant pour la veillée de Pâques… et le cœur
de languir alors, de larmoyer sur de la cendre —,
j'essaie,

mais il y a presque trop
de poids du côté sombre où je nous vois descendre,
et redresser avec de l'invisible chaque jour,
qui le pourrait encore, qui l'a pu ?

1. Arbre de la famille du sorbier.

On aura vu aussi ces femmes — en rêve ou non,
mais toujours dans les enclos vagues de la nuit —
sous leurs crinières de jument, fougueuses,
avec de longs yeux tendres à lustre de cuir,
non pas la viande offerte à ces nouveaux étals de toile,
bon marché, quotidienne, à bâfrer seul entre deux draps,
mais l'animale sœur qui se dérobe et se devine,
encore moins distincte de ses boucles, de ses dentelles
que l'onduleuse vague ne l'est de l'écume,
le fauve souple dont tous sont chasseurs
et que le mieux armé n'atteint jamais
parce qu'elle est cachée plus profond dans son propre corps
qu'il ne peut pénétrer — rugirait il d'un prétendu triomphe —,
parce qu'elle est seulement comme le seuil
de son propre jardin,
ou une faille dans la nuit
incapable d'en ébranler le mur, ou un piège
à saveur de fruit ruisselant, un fruit,
mais qui aurait un regard — et des larmes.

Si je me couche contre la terre, entendrai-je
les pleurs de celle qui est dessous,
les pas qui traînent dans les froids couloirs
ou qui trébuchent en fuyant dans les quartiers déserts ?

J'ai dans la tête des visions de rues la nuit,
de chambres, de visages emmêlés
plus nombreux que les feuilles d'arbres en été
et eux-mêmes remplis d'images, de pensées
— c'est comme un labyrinthe de miroirs
mal éclairé par des lampes falotes —,
moi aussi dans les foires d'autrefois
j'ai pensé en trouver l'issue,
moi aussi j'ai langui après des corps.
J'ai plein la tête de faux-jours, et de reflets
dans les trappes d'un fleuve ténébreux,
je me souviens de bouches inlassables sur ses bords —

tout cela maintenant pour moi est sous la terre
et mon oreille collée à l'herbe l'entend,
à travers le tonnerre de sa propre peur et les
coups de scie des insectes, qui gémit —
donnez-lui le nom que vous voudrez, mais elle est là,
c'est sûr, elle est dessous, obscure, et elle pleure.

Arrête-toi, enfant : tes yeux ne sont pas faits pour voir
cela,
ferme-les encore un moment, dors en aveugle,
oh encore un moment ignore, et que tes yeux
restent pareils au ciel naïf.

Recueille les oiseaux et la lumière
un temps encore,
toi qui grandis pareille à un tremble[1] scintillant,

ou recule — si tu ne veux pas crier de peur
sous le harpon.

---

1. Sorte de peuplier à écorce lisse, qui doit son nom au fait que ses feuilles à minces pétioles tremblent au moindre vent.

Écris vite ce livre, achève vite aujourd'hui ce poème
avant que le doute de toi ne te rattrape,
la nuée des questions qui t'égare et te fait broncher,
ou pire que cela…
Cours au bout de la ligne,
comble ta page avant que ne fasse trembler
tes mains la peur — de t'égarer, d'avoir mal, d'avoir peur,
avant que l'air ne cède à quoi tu es adossé
pour quelque temps encore, le beau mur bleu.
Parfois déjà la cloche se dérègle dans le beffroi[1] d'os
et boite à en fendre les murs.

Écris, non pas «à l'ange de l'Église de Laodicée[2]»,
mais sans savoir à qui, dans l'air, avec des signes

---

1. Tour de ville ou de château qui, au Moyen Age, servait à faire le guet et à donner l'alarme à l'aide d'une cloche. Par la suite, le beffroi a souvent été pourvu d'une horloge.

2. Dernière des lettres que Jean est chargé de transmettre aux messagers (anges) des sept églises dans l'Apocalypse. Cette lettre dénonce l'orgueil de cette église et de cette ville qui se croient riches parce qu'elles le sont matériellement, du fait notamment du commerce de vêtements en laine noire. La lettre enjoint de leur substituer des vêtements blancs, d'abandonner l'aisance matérielle au profit d'une richesse spirituelle.

hésitants, inquiets, de chauve-souris,
vite, franchis encore cette distance avec ta main,
relie, tisse en hâte, encore, habille-nous,
bêtes frileuses, nous taupes maladroites,
couvre-nous d'un dernier pan doré de jour
comme le soleil fait aux peupliers et aux montagnes.

Je me redresse avec effort et je regarde :
il y a trois lumières, dirait-on.
Celle du ciel, celle qui de là-haut
s'écoule en moi, s'efface,
et celle dont ma main trace l'ombre sur la page.

L'encre serait de l'ombre.

Ce ciel qui me traverse me surprend.

On voudrait croire que nous sommes tourmentés
pour mieux montrer le ciel. Mais le tourment
l'emporte sur ces envolées, et la pitié
noie tout, brillant d'autant de larmes
que la nuit.

À la lumière d'hiver

Dis encore cela…

Dis encore cela patiemment, plus patiemment
ou avec fureur, mais dis encore,
en défi aux bourreaux, dis cela, essaie,
sous l'étrivière[1] du temps.
                                        Espère encore que le dernier cri
du fuyard avant de s'abattre soit tel,
n'étant pas entendu, étant faible, inutile,
qu'il échappe, au moins lui sinon sa nuque,
à l'espace où la balle de la mort ne dévie jamais,
et par une autre oreille que la terre grande ouverte
soit recueilli, plus haut, non pas plus haut,
ailleurs, pas même ailleurs : soit recueilli
peut-être plus bas, comme une eau
qui s'enfonce dans la poussière du jardin,
comme le sang qui se disperse, fourvoyé,
dans l'inconnu.

Dernière chance pour toute victime sans nom :
qu'il y ait, non pas au-delà des collines
ou des nuages, non pas au-dessus du ciel

1. Courroie fixée de chaque côté de la selle et à laquelle est suspendu l'étrier.

ni derrière les beaux yeux clairs, ni caché
dans les seins nus, mais on ne sait comment
mêlé au monde que nous traversons,
qu'il y ait, imprégnant ses moindres parcelles,
de cela que la voix ne peut nommer, de cela
que rien ne mesure, afin qu'encore
il soit possible d'aimer la lumière
ou seulement de la comprendre,
ou simplement, encore, de la voir
elle, comme la terre la recueille,
et non pas rien que sa trace de cendre.

À la lumière d'hiver

I

Fleurs, oiseaux, fruits, c'est vrai, je les ai conviés,
je les ai vus, montrés, j'ai dit :
« c'est la fragilité même qui est la force »,
facile à dire ! et trop facile de jongler
avec le poids des choses une fois changées en mots !
On bâtissait le char d'Élie[1] avec des graines
légères, des souffles, des lueurs, on prétendait
se vêtir d'air comme les oiseaux et les saints…

Frêles signes, maison de brume ou d'étincelles,
jeunesse…
                    puis les portes se ferment en grinçant
l'une après l'autre.

Et néanmoins je dis encore,
non plus porté par la course du sang, non plus ailé,
hors de tout enchantement,
trahi par tous les magiciens et tous les dieux,

1. Le prophète Élie, qui apparaît dans l'Ancien Testament au Livre des Rois I (17, 1), fut enlevé au ciel sous les yeux de son successeur, Élisée : « Soudain un char et des chevaux de feu les séparent. Pris dans le tourbillon, Élie monte jusqu'au ciel » (Rois II, 2, 11).

depuis longtemps fui par les nymphes[1]
même au bord des rivières transparentes
et même à l'aube,
mais en me forçant à parler, plus têtu
que l'enfant quand il grave avec peine son nom
sur la table d'école,

j'insiste, quoique je ne sache plus les mots,
quoique ce ne soit pas ainsi la juste voie
— qui est droite comme la course de l'amour
vers la cible, la rose le soir enflammée,
alors que moi, j'ai une canne obscure
qui, plus qu'elle ne trace aucun chemin, ravage
la dernière herbe sur ses bords, semée
peut-être un jour par la lumière pour un plus
hardi marcheur...

1. Divinités féminines personnifiant, sous les traits de gracieuses jeunes filles, les forces vives de la nature.

« Oui, oui, c'est vrai, j'ai vu la mort au travail
et, sans aller chercher la mort, le temps aussi,
tout près de moi, sur moi, j'en donne acte à mes deux yeux,
adjugé ! Sur la douleur, on en aurait trop long à dire.
Mais quelque chose n'est pas entamé par ce couteau
ou se referme après son coup comme l'eau derrière la barque. »

« Lapidez-moi encore de ces pierres du temps
qui ont détruit les dieux et les fées,
que je sache ce qui résiste à leur parcours et à leur chute. »

Si c'était quelque chose entre les choses, comme
l'espace entre tilleul et laurier, dans le jardin,
comme l'air froid sur les yeux et la bouche
quand on franchit, sans plus penser, sa vie,
si c'était, oui, ce simple pas risqué
dehors...
                    Pensée subtile, mais quelle pensée,
si l'étoffe du corps se déchire, la recoudra ?

Un homme qui vieillit est un homme plein d'images
raides comme du fer en travers de sa vie,
n'attendez plus qu'il chante avec ces clous dans la gorge.
Autrefois la lumière nourrissait sa bouche,
maintenant il raisonne et se contraint.

Or, on peut raisonner sur la douleur, sur la joie,
démontrer, semble-t-il, presque aisément
l'inanité de l'homme. On peut parler
comme je parle à présent dans cette chambre
qui n'est pas encore en ruines, par ces lèvres
que ne coud pas encore le fil de la mort,
indéfiniment.
                    Toutefois, on dirait
que cette espèce-là de parole, brève ou prolixe,
toujours autoritaire, sombre, comme aveugle,
n'atteint plus son objet, aucun objet, tournant
sans fin sur elle-même, de plus en plus vide,
alors qu'ailleurs, plus loin qu'elle ou simplement
à côté, demeure ce qu'elle a longtemps cherché.
Les mots devraient-ils donc faire sentir
ce qu'ils n'atteignent pas, qui leur échappe,
dont ils ne sont pas maîtres, leur envers ?

De nouveau je m'égare en eux,
de nouveau ils font écran, je n'en ai plus
le juste usage,
quand toujours plus loin
se dérobe le reste inconnu, la clef dorée,
et déjà le jour baisse, le jour de mes yeux…

II

Aide-moi maintenant, air noir et frais, cristal
noir. Les légères feuilles bougent à peine,
comme pensées d'enfants endormis. Je traverse
la distance transparente, et c'est le temps
même qui marche ainsi dans ce jardin,
comme il marche plus haut de toit en toit, d'étoile
en étoile, c'est la nuit même qui passe.

Je fais ces quelques pas avant de remonter
là où je ne sais plus ce qui m'attend, compagne
tendre ou détournée, servantes si dociles
de nos rêves ou vieux visage suppliant…
la lumière du jour, en se retirant
— comme un voile
tombe et reste un instant visible autour
des beaux pieds nus —
découvre la femme d'ébène
et de cristal, la grande femme de soie noire
dont les regards brillent encore pour moi
de tous ses yeux peut-être éteints depuis longtemps.

La lumière du jour s'est retirée, elle révèle,
à mesure que le temps passe et que j'avance

en ce jardin, conduit par le temps,
autre chose
— au-delà de la belle sans relâche poursuivie,
de la reine du bal où nul ne fut jamais convié,
avec ses fermoirs d'or qui n'agrafent plus nulle robe —
autre chose de plus caché, mais de plus proche…

Ombres calmes, buissons tremblant à peine, et les couleurs,
elles aussi, ferment les yeux. L'obscurité
lave la terre.
C'est comme si l'immense
porte peinte du jour avait tourné
sur ses gonds invisibles, et je sors dans la nuit,
je sors enfin, je passe, et le temps passe
aussi la porte sur mes pas.
Le noir n'est plus ce mur
encrassé par la suie du jour éteint,
je le franchis, c'est l'air limpide, taciturne,
j'avance enfin parmi les feuilles apaisées,
je puis enfin faire ces quelques pas, léger
comme l'ombre de l'air,

l'aiguille du temps brille et court dans la soie noire,
mais je n'ai plus de mètre dans les mains,
rien que de la fraîcheur, une fraîcheur obscure
dont on recueille le parfum rapide avant le jour.

(Chose brève, le temps de quelques pas dehors,
mais plus étrange encore que les mages et les dieux.)

Une étrangère s'est glissée dans mes paroles,
beau masque de dentelle avec, entre les mailles,
deux perles, plusieurs perles, larmes ou regards.
De la maison des rêves sans doute sortie,
elle m'a effleuré de sa robe en passant
— ou si cette soie noire était déjà sa peau, sa chevelure ? —
et déjà je la suis, parce que faible
et presque vieux, comme on poursuit un souvenir ;
mais je ne la rejoindrai pas plus que les autres
qu'on attend à la porte de la cour ou de la loge
dont le jour trop tôt revenu tourne la clef...

Je pense que je n'aurais pas dû la laisser
apparaître dans mon cœur ; mais n'est-il pas permis
de lui faire un peu de place, qu'elle approche
— on ne sait pas son nom, mais on boit son parfum,
son haleine et, si elle parle, son murmure —
et qu'à jamais inapprochée, elle s'éloigne
et passe, tant qu'éclairent encore les lanternes de papier de
l'acacia ?
Laissez-moi la laisser passer, l'avoir vue encore une fois,
puis je la quitterai sans qu'elle m'ait même aperçu,

je monterai les quelques marches fatiguées
et, rallumant la lampe, reprendrai la page
avec des mots plus pauvres et plus justes, si je puis.

Nuages de novembre, oiseaux sombres par bandes qui
traînez
et laissez après vous aux montagnes un peu
des plumes blanches de vos ventres,
longs miroirs des routes désertes, des fossés,
terre de plus en plus visible et grande, tombe
et déjà berceau des herbes,
le secret qui vous lie,
arrive-t-il qu'on cesse de l'entendre un jour ?

Écoute, écoute mieux, derrière
tous les murs, à travers le vacarme croissant
qui est en toi et hors de toi,
écoute… Et puise dans l'eau invisible
où peut-être boivent encore d'invisibles bêtes
après d'autres, depuis toujours, qui sont venues,
silencieuses, blanches, lentes, au couchant
(ayant été dès l'aube obéissantes au soleil sur le grand pré),
laper cette lumière qui ne s'éteint pas la nuit
mais seulement se couvre d'ombre, à peine,
comme se couvrent les troupeaux d'un manteau de sommeil.

… Et le ciel serait-il clément tout un hiver,
le laboureur avec patience ayant conduit ce soc[1]
où peut-être Vénus aura paru parfois
entre la boue et les buées de l'aube,
verra-t-il croître en mars, à ras de terre,
une herbe autre que l'herbe ?

1. Pièce de la charrue, généralement en acier, qui pénètre profondément la terre.

Tout cela qui me revient encore — peu souvent —
n'est-il que rêve, ou dans le rêve
y a-t-il un reflet qu'il faille préserver
comme on garde la flamme d'être par le vent ruinée,
ou qu'on puisse répandre en libation[1] dans le sol
sur quoi nos pas se font plus lents, plus trébuchants
avant d'y enfoncer ? (Déjà ils y enfoncent.)

L'eau que l'on ne boira jamais, la lumière
que ces yeux trop faibles ne pourront pas voir,
je n'en ai pas perdu encore la pensée…

Mais le verre de l'aube se brise un peu vite,
le monde tout entier n'est plus qu'un vase de terre
dont on voit maintenant grandir les fêlures,
et notre crâne une cruche d'os
bientôt bonne à jeter.

Qu'est-ce toutefois, dedans, que cette eau amère
ou douce à boire ?

---

1. Acte qui consiste à répandre un liquide en offrande à une divinité.

Les larmes quelquefois montent aux yeux
comme d'une source,
elles sont de la brume sur des lacs,
un trouble du jour intérieur,
une eau que la peine a salée.

La seule grâce à demander aux dieux lointains,
aux dieux muets, aveugles, détournés,
à ces fuyards,
ne serait-elle pas que toute larme répandue
sur le visage proche
dans l'invisible terre fît germer
un blé inépuisable ?

L'hiver, le soir :
                    alors, parfois, l'espace
ressemble à une chambre boisée
avec des rideaux bleus de plus en plus sombres
où s'usent les derniers reflets du feu,
puis la neige s'allume contre le mur
telle une lampe froide.

Ou serait-ce déjà la lune qui, en s'élevant,
se lave de toute poussière
et de la buée de nos bouches ?

Écoute, vois : ne monte-t-il pas quelque chose
de la terre, de beaucoup plus bas,
comme une lumière, par vagues, comme un Lazare[1]
blessé, surpris, par lents battements d'ailes
blanches — alors qu'un instant tout se tait,
et c'est vraiment ici où nous sommes, apeurés —,
et ne descend-il pas aussi de plus loin que le ciel
à leur rencontre d'autres vols, plus blancs
— pour n'être pas passés parmi les racines boueuses —,
et ne courent-ils pas à présent les uns vers les autres
de plus en plus vite, à la manière
des rencontres d'amour ?

Ah pense-le, quoi qu'il en soit, dis-le,
dis que cela peut être vu,
que vous saurez encore courir comme cela,
mais bien cachés dans le manteau rêche de la nuit.

1. Dans l'Évangile de Jean, Jésus, apprenant que Lazare, frère de Marthe et de Marie, est malade, décide de retourner à Béthanie, près de Jérusalem, pour le sauver. Lazare est depuis quatre jours au tombeau lorsque Jésus parvient à destination et annonce sa résurrection. Le miracle s'accomplit sous les yeux de nombreux témoins.

Sur tout cela maintenant je voudrais
que descende la neige, lentement,
qu'elle se pose sur les choses tout au long du jour
— elle qui parle toujours à voix basse —
et qu'elle fasse le sommeil des graines,
d'être ainsi protégé, plus patient.

Et nous saurions que le soleil encore,
cependant, passe au-delà,
que, si elle se lasse, il redeviendra même un moment
visible, comme la bougie derrière son écran jauni.

Alors, je me ressouviendrais de ce visage
qui demeure, lui aussi, derrière
la lente chute des cristaux humides,
qui change, avec ses yeux limpides ou en larmes,
impatiemment fidèles…
                                        Et, caché par la neige,
de nouveau j'oserais louer leur clarté bleue.

Fidèles yeux de plus en plus faibles jusqu'à
ce que les miens se ferment, et après eux, l'espace
comme un éventail peint dont il ne resterait plus
qu'un frêle manche d'os, une trace glacée
pour les seuls yeux sans paupières d'autres astres.

Du tableau au texte

Sophie Barthélémy

Du tableau au texte

Regard dans l'infini III
de Ferdinand Hodler

… *le sentiment d'une communion intime et spirituelle entre l'homme et la nature…*

Juché sur un promontoire rocheux émergeant d'une mer de nuages étale, un jeune homme nu nous fait face, nous toisant de toute sa hauteur vertigineuse. Surplombant verticalement le monde, son corps d'éphèbe domine la ligne d'horizon qui dessine avec l'azur et l'océan céleste de parfaites horizontales. À cette linéarité s'oppose l'arrondi irrégulier de l'édicule herbeux et des rochers déchiquetés affleurant à la surface de l'eau. Les contours accusés de la figure, aux traits anguleux et au corps presque géométrisé, font ici écho au graphisme également très acéré du rocher, placé au premier plan. À l'harmonie des lignes et des formes répondent les nuances subtiles de la gamme chromatique dominée par des roses et des bleus pâles que rehaussent le vert tendre du tapis mousseux du rocher et l'écume blanche de la mer de brouillard, à l'arrière-plan, ainsi que l'ocre lumineux de la chair.

Les mains posées symétriquement sur le buste, dans un geste de pudeur féminine, l'adolescent androgyne scrute l'infini mystérieux qui se déploie hors du cadre du tableau.

La stylisation du paysage et de la silhouette qui fait corps avec le cosmos renforce ici le sentiment d'une communion intime et spirituelle entre l'homme et la nature. Alliée à la frontalité de son regard et au statisme de sa pose presque sculpturale, la nudité biblique du personnage en fait une icône de l'humanité universelle, tandis que le synthétisme et l'irréalisme du paysage, privé de profondeur, confèrent à la scène une dimension intemporelle.

La monumentalité de la figure humaine, dont la tête touche presque le ciel et la partie supérieure de la toile, renvoie ici à un nouvel ordre universel qui échappe aux rapports d'échelle conventionnels : une sorte de Paradis perdu qui trouverait son incarnation dans la jeunesse et la beauté éternelles…

… *Ce qui nous unit est plus grand que ce qui nous divise…*

Lié au mouvement symboliste européen, Ferdinand Hodler (1853-1918) partage avec les romantiques allemands de la première moitié du XIXe siècle ce même idéalisme et ce même attachement mystique à la nature. Dans cette toile, il reprend, en l'inversant, le dispositif de composition utilisé par Caspar David Friedrich (1774-1840) dans son *Voyageur contemplant une mer de nuages* (1818) : un personnage isolé dans un paysage montagneux surplombant depuis un sommet une étendue de nuages parsemée de pointes rocheuses. Mais à la figure vêtue à la mode romantique et vue de dos, absorbée dans la contemplation du paysage lui faisant face, le peintre suisse substitue ici un homme nu et frontal qui fonctionne comme un miroir renvoyant l'image du spectateur-regardeur.

Récurrent dans l'œuvre visionnaire d'Hodler (*Dialogue avec la nature*, 1884 ; *Regard dans l'éternité*, 1885 ; *Communion avec l'infini*, 1892 ; *Regard dans l'infini*, 1915…), ce thème s'inscrit dans sa quête d'une unité cosmique : « Je vise à une unité puissante, à une harmonie religieuse […]. Ce qui nous unit est plus grand que ce qui nous divise… » Identifié comme le fils de l'artiste, né en 1887 de son union avec sa première compagne Augustine Dupin, l'adolescent symbolise l'harmonie retrouvée entre l'homme et son environnement naturel, dans son essence la plus divine. Confronté aux forces cosmiques, il semble avoir triomphé des obstacles rencontrés, comme l'indique la hauteur vertigineuse de sa silhouette qui domine le paysage. La nudité incongrue du personnage, en qui l'historien d'art Robert Rosenblum voyait « une sorte de superman abstrait », renvoie à l'innocence originelle et virginale d'un état de nature non encore contaminé par l'homme. Bien qu'il ne soit pas représenté dans l'attitude de la prière, à l'instar des « adorants » de la *Communion avec l'infini* et du *Dialogue avec la nature*, le jeune garçon semble s'abandonner à la Nature, telle une offrande sur l'autel du sacrifice. Symbole de pureté et d'humilité, sa nudité, alliée au hiératisme de sa pose, renforce le mysticisme de sa présence.

… une nature agrandie, simplifiée, dégagée de tous les détails insignifiants…

Comme dans la plupart de ses œuvres, Hodler applique sa fameuse théorie du « parallélisme » qui consiste en une répétition rythmique des formes et des couleurs visant à renforcer l'unité de la conception symbolique de l'image. L'ordre, la symétrie, la frontalité et le rythme sont les seuls critères esthétiques capables de traduire sa vision d'une « nature agrandie, simplifiée, dégagée de tous les détails insignifiants » et l'émotion éprouvée face à elle. La suppression de la perspective aérienne (« Le peintre doit s'habituer à voir la nature en surface plane ») au profit d'une recomposition décorative se double ici d'une recherche d'harmonies colorées particulièrement expressives : « Le charme des couleurs est surtout dans leurs accords, dans la répétition de nuance d'une même couleur. Les harmonies douces semblent vous pénétrer plus intimement, elles semblent vraiment être les accords favoris du cœur… » (*La Mission de l'artiste*, 1896-1897).

Dans les années 1890, ses paysages évoluent vers une plus grande stylisation qui confine parfois à une certaine abstraction. Ses lacs et ses massifs montagneux deviennent des métaphores de l'éternité en même temps qu'un prétexte à une méditation sur le désir d'élévation, la solitude et le saisissement de l'homme devant les forces de la nature. Réduites à de simples lignes horizontales, ses vues emblématiques du lac Léman témoignent de cette radicalisation de son style dans les premières décennies du XXe siècle.

Réalisé entre 1903 et 1906, *Regard dans l'infini III* procède de cette même recherche de simplification dans le traitement du paysage, si caractéristique du symbolisme hodlérien. Emblématique de la pensée panthéiste de l'artiste, le paysage imaginaire et aérien environnant la figure nous invite à une méditation métaphysique sur la vie après la mort, sujet récurrent dans l'œuvre d'Hodler dont la vie fut marquée par des deuils successifs :

> « La mort est terrible, mais elle est belle parce qu'elle rattache l'être individuel au tout, parce qu'elle est à la fois le mystère et l'infini et parce qu'elle est. » (1917)

Parvenu à la maturité, le peintre est alors aussi au faîte de sa carrière. Sa participation à la dix-neuvième exposition de la Sécession viennoise en 1904 en tant qu'invité d'honneur lui permet d'accéder à une consécration européenne tout en lui donnant une place de choix au sein des avant-gardes des années 1900, aux côtés de son ami Gustav Klimt (1862-1918).

… une sorte de refuge contre la fuite du temps et le spectre omniprésent de la mort…

L'art pictural de Ferdinand Hodler trouve un écho subtil dans l'œuvre poétique de Philippe Jaccottet. Leurs origines suisses ont développé, tant chez le peintre bernois que chez le poète vaudois, une grande sensibilité à la nature, profondément ancrée dans la tradition helvétique du paysage alpestre. Les montagnes, le ciel et l'air, la lumière, les nuages et les oiseaux sont des éléments récurrents de l'inspiration littéraire de Jaccottet qui partage avec son compatriote la même attirance pour l'univers céleste. Chez l'un comme chez l'autre, la nature constitue une sorte de refuge contre la fuite du temps et le spectre omniprésent de la mort. La vieillesse et le pourrissement terrestre obsèdent le poète, accablé lui aussi par des deuils douloureux dont *Leçons* et *Chants d'en bas* se font particulièrement l'écho. C'est au cours de ces années 1970 que Jaccottet perd successivement son ami et mentor, le poète suisse Gustave Roud, ainsi que sa mère et son beau-père.

L'intérêt partagé par les deux hommes pour le romantisme allemand — Jaccottet a traduit Goethe, Novalis et Hölderlin — n'est sans doute pas étranger à cette sensibilité commune. La même quête de simplicité et de mystère, d'équilibre, d'harmonie et de retenue les unit dans une sorte de fraternité artistique.

… un lieu hors de toute distance…

À la recherche de synthèse et de simplification formelle de la peinture de Hodler répond la concision de certains poèmes de Jaccottet, séduit par l'art du haïku japonais, riche de références à la nature et aux saisons. De même, les paysages suisses de Ferdinand Hodler constituent de véritables odes à la nature dont l'artiste parvient à transcender et à sublimer les éléments les plus prosaïques afin d'en révéler la beauté primitive. Nourri de philosophie zen, le peintre s'attache à une stylisation japonisante qui frôle parfois l'abstraction. Ses paysages d'hiver, saturés de lumière, et dominés par ces bleus allant du bleuet à l'indigo, font naître un sentiment de plénitude qu'évoquent en filigrane ces vers de Jaccottet :

« l'étendue apaisée, le jour plus pur… » (« Leçons »)

« L'hiver, le soir :
alors, parfois, l'espace
ressemble à une chambre boisée

avec des rideaux bleus de plus en plus sombres
où s'usent les derniers reflets du feu,
puis la neige s'allume contre le mur
telle une lampe froide… » (« À la lumière d'hiver »)

Toutefois, cette apparente sérénité ne saurait cacher l'ombre de la mort qui plane toujours dans les compositions de Hodler. Qu'évoquent ces paysages, sinon l'image nostalgique d'un Paradis perdu, d'un Âge d'or ou encore la projection de la vie éternelle après la mort terrestre ? Chez Jaccottet, l'hiver est aussi symbole de deuil. Dans *À la lumière d'hiver,* le poète déclame son amour inconditionnel pour la nature et le monde tout en s'interrogeant sur le pouvoir du langage. Déjà, quelques années plus tôt, dans *Leçons* et dans *Chants*, il mettait en cause la légitimité de l'art poétique face à la mort qui rendrait vaine toute tentative artistique. C'est d'ailleurs dans ce livre de deuil des *Leçons* que la prose de Jaccottet entre le mieux en résonance avec la peinture de Hodler. Le paysage imaginaire de *Regard dans l'infini III* — ces « montagnes sous les lents nuages » — est aussi un « lieu hors de toute distance », un « autre espace en dehors, entraîné hors des mesures ». Quant au jeune Hector, fièrement planté sur son rocher et le regard perdu dans un ailleurs inaccessible au mortel, ne ressemble-t-il pas à « cet étranger » qui « a oublié notre langue » et qui « a affaire ailleurs » ?

« Il n'a plus affaire à rien.
Même tourné vers nous,
c'est comme si on ne voyait plus que son dos… »

Hector, c'est aussi le poète lui-même qui s'identifie à cet homme, « ce hasard aérien », celui qui prétend « guider mourants et morts » :

« Et moi maintenant tout entier dans la cascade céleste,
enveloppé dans la chevelure de l'air […],
suspendu à peine moins haut que la buse,

regardant,
écoutant […],
un instant, d'embrasser le cercle entier du ciel
autour de moi, j'y crois la mort comprise […]
Je ne vois presque plus rien que la lumière… »

… Je ne suis pas un allégoriste mais un synthétiste…

À l'instar d'Hodler, Jaccottet aspire à cette harmonie, voire à cette fusion cosmique entre l'homme et la nature pour échapper à l'angoisse existentielle de l'humanité terrestre. Chez l'un comme chez l'autre, cette aspiration à « une autre naissance » ne parvient pas à conjurer le sentiment de mélancolie et de tristesse ineffable qui habite leur œuvre.

Tous deux partagent enfin cette même poétique de l'espace qui, chez Jaccottet, prend sa source dans son intérêt pour les arts plastiques, nourri autant par son union avec l'artiste suisse Anne-Marie Haesler que par son admiration pour le paysage cézannien et les natures mortes de Morandi auquel il consacra en 2001 une monographie (*Le Bol du pèlerin*).

À l'inverse, Ferdinand Hodler s'est toujours défendu d'être un symboliste littéraire, comme le furent ses compatriotes Arnold Böcklin (1827-1901) et Giovanni Segantini (1858-1899) : « Je ne suis pas un allégoriste mais un synthétiste. » S'il prétend ne peindre que ce qu'il voit dans la nature et se défie des interprétations intellectuelles ou des métaphores, il s'agit toutefois de sa vérité intérieure qu'il retranscrit dans des paysages puissamment oniriques.

Le texte en perspective

Christine Bénévent

Mouvement littéraire

La poésie française contemporaine

EN 1962, JEAN-PIERRE RICHARD REMARQUAIT que, « pour son malheur peut-être », Philippe Jaccottet était « notre meilleur critique actuel de poésie, et surtout le meilleur critique de lui-même ». Ses chroniques littéraires permettent de dresser un panorama à la fois sensible et ouvert de la poésie contemporaine, même s'il privilégie les œuvres avec lesquelles il a tissé des affinités électives. D'origine suisse, il a eu à cœur de promouvoir une littérature francophone méconnue, et de rendre hommage à Gustave Roud, Ramuz, Cingria... Mais l'attention portée à la littérature suisse romande ne l'empêche pas de poser un regard attentif sur la création française.

Comme ses contemporains André du Bouchet (1924-2001) ou Yves Bonnefoy (né en 1923), Jaccottet appartient à une génération qui, âgée d'une vingtaine d'années en 1945, a commencé d'écrire dans des temps de détresse, dans un monde où les valeurs humaines avaient été à ce point bafouées que certains se demandaient s'il était légitime d'« écrire un poème après Auschwitz » (Adorno). La vitalité de la poésie contemporaine, son extraordinaire richesse — même si les recueils ne représentent aujourd'hui que quelque

0,4 % des ventes de livres — prouvent heureusement que les poètes ne se sont pas laissé intimider par un tel interdit, même s'ils sont nombreux à interroger inlassablement la légitimité de leur démarche. Chez Jaccottet comme chez d'autres, la poétique est devenue inséparable d'une haute exigence envers soi-même et envers les autres, fondant ce que Michel Deguy (né en 1930) a appelé la « poéthique », qu'il ne faut cependant pas confondre avec la poésie engagée.

1.

De la poésie engagée à la « poéthique »

Les poètes de la seconde moitié du XXe siècle doivent, bon gré mal gré, composer avec une conception de la poésie héritée du romantisme, bousculée par les fulgurances rimbaldiennes, le symbolisme exigeant de Stéphane Mallarmé et le modernisme de Guillaume Apollinaire ou Blaise Cendrars, puis passée à la moulinette du surréalisme, qui a marqué l'entre-deux-guerres et dont André Breton a publié le *Manifeste* en 1924, un an avant la naissance de Jaccottet. C'est de cet héritage surréaliste surtout qu'il s'agit de se défaire, en renonçant aux prestiges de l'image et aux facilités de l'écriture automatique, sans pour autant revenir aux ornements et conventions de la poésie traditionnelle.

Fidèles à l'esprit de rébellion surréaliste contre les tyrannies poétiques, mentales, sociales ou politiques, plusieurs poètes se sont engagés dans la Résistance, à l'image d'Aragon, Paul Éluard ou René Char. En 1943, les éditions de Minuit publient clandestinement *L'Honneur des poètes*, dont Éluard signe la préface. Si elle sert une cause juste, certains voient dans cette démarche une forme de compromission de la poésie qui se trouve instrumentalisée et détournée de « son action propre » : ainsi Benjamin Péret, issu lui aussi du surréalisme, dénonce-t-il ce qu'il appelle « le déshonneur des poètes ».

1. *Le rapport au réel*

Comment la poésie peut-elle agir sur le réel, quelle est, précisément, son « action propre » ? René Char, qui gagna le maquis sous le nom de « Capitaine Alexandre », n'inféode pas son écriture à un message, mais fait confiance à « l'énergie disloquante de la poésie » pour supporter le réel et, comme dans les *Feuillets d'Hypnos*, réduire la distance malheureuse entre l'homme et le monde, retrouver la « réalité rugueuse à étreindre » (Rimbaud).

La fin de la guerre est marquée, dans le domaine intellectuel, par l'Épuration, et les anciens résistants, Aragon en tête, occupent le devant de la scène. Mais 1945 marque aussi le retour à un quotidien chagrin : le mouvement surréaliste s'est dissous, l'heure est aux règlements de comptes et au sentiment de faillite. Beaucoup ressentent un retrait du divin, même si l'on peut mentionner des poètes dont la poésie est innervée par leur foi chrétienne, comme Pierre Emmanuel, Jean Grosjean ou Jean-Claude Renard. Pour les autres, il faut inventer de nouveaux appuis, retrouver le contact avec le monde et le prendre « en réparation » (Francis Ponge). *Le Parti pris des choses* date de 1942, comme *Terraqué* de Guillevic, signe que l'attention portée aux choses les plus humbles offrait dès alors un moyen d'échapper à l'aliénation et aux destructions imposées par la guerre : c'est sur ces principes que l'École de Rochefort est fondée en 1941.

2. *Le réel, objet de la poésie... ?*

Outre René-Guy Cadou (1920-1951), attentif au « règne végétal », sont souvent rapprochés de l'École de Rochefort des poètes tels que Jean Tortel, Jean Follain, Jacques Prévert ou Guillevic. Ce dernier parlait cependant de « vivre le sacré dans la vie quotidienne », signe que l'attention au réel n'est pas incompatible avec l'espoir d'une transcendance : en témoigne aussi l'œuvre d'André Frénaud. Ils permettent au « monde muet des choses » d'« accéder à la parole ». C'est à quoi tend aussi Francis Ponge (1899-1988) qui, d'abord proche du surréalisme, a construit une œuvre refusant résolument la « poésie patheuse » de l'apitoiement sur soi. Ayant délibérément pris le parti des choses, il tente de percer l'opacité du réel, « compte tenu des mots ». Il s'attache ainsi à l'objet en apparence le plus banal — l'huître, le cageot, le pain — pour en faire un objet littéraire : l'attention portée à sa matérialité, mais aussi les multiples jeux sur le langage (étymologie, références culturelles...) le métamorphosent en « objeu », au sein d'un texte voué à l'« objoie », « orgasme auquel atteint tout système de signes parvenu par un redoublement forcené de l'étreinte textuelle au Septième Ciel, c'est-à-dire à un certain point où il ne fait plus que se signifier lui-même ».

3. *... ou horizon de la poésie ?*

La quête du réel est aussi au soubassement des œuvres d'Yves Bonnefoy, André du Bouchet ou Philippe Jaccottet, auxquels on peut associer entre autres les noms de Jacques Dupin, Pierre Leyris, Henri Thomas, Pierre-Albert Jourdan (voir p. 161), mais ils partagent une même défiance à l'égard des images (aussi bien les représentations mentales que les figures d'analogie, comme la métaphore et la comparaison) et des faciles séductions du langage. Le réel y apparaît comme un horizon, comme un don aussitôt dérobé, perdu dès que saisi, ce qui rend cette poésie « précaire », selon le critique Jérôme Thélot, au double sens du terme puisque *precarium* signifie « obtenu par la prière », don d'une puissance supérieure qui peut être retiré. Aussi le poète doit-il se contenter de tendre vers ce « vrai lieu », en sachant que, comme l'arc-en-ciel, il ne pourra jamais le rejoindre. On peut voir dans cette structure d'horizon une dimension tragique, mais aussi une dynamique qui engage une attitude éthique : « Dans l'espace secret de notre approche de l'être, je ne crois pas que soit de poésie vraie qui ne cherche aujourd'hui, et ne veuille chercher jusqu'au dernier souffle, à fonder un nouvel espoir » (Yves Bonnefoy). Poésie précaire, fragile et ardente.

Une telle quête ne va pas sans la conscience d'une insécurité liée au langage et au signe. Chez Bonnefoy ou Jaccottet, le discours critique, le commentaire ne cessent de doubler la parole poétique, « aux lointains du chant qui s'est perdu » (Bonnefoy), et de s'interroger sur ses pouvoirs. Ce doute se traduit parfois par la tentation du silence, ou du moins d'une parole raréfiée, lisible dans le goût du haïku chez Jaccottet, dans la poésie fragmentaire et trouée de blancs d'André du Bouchet ou de Jacques Dupin. Il est pourtant d'autres manières d'aborder le langage, ses limites et ses pouvoirs.

2.

Pouvoirs de la poésie : le règne du langage

L'« objoie » que vise Ponge est révélatrice des pouvoirs accordés au langage, qui tend alors à se prendre lui-même pour objet. Sous l'influence de la linguistique, cette question prend dans les années 1950 une acuité remarquable, dont on trouve trace chez certains auteurs, chez qui le langage devient le principal objet de réflexion et d'expérimentation. La période de l'après-guerre est riche en acrobaties verbales, en jeux sur le signifiant, d'un Jean Tardieu oscillant entre l'inquiétude et le jeu dans *Monsieur Monsieur* jusqu'aux tentatives extrêmes du lettrisme d'Isidore Isou, art fondé sur la matière des lettres, de la poésie phonique jouant sur l'onomatopée ou encore du « bruitisme », en passant par Boris Vian ou Jacques Prévert.

1. *La poésie face au structuralisme*

Dans les années 1960, le structuralisme issu des sciences humaines s'étend à la critique littéraire. Cette théorie repose sur l'idée que la partie (tel vers, telle phrase ou image) ne peut se comprendre qu'une fois mise en relation avec le tout dont elle fait partie. Ce tout est à son tour bien plus que la somme de ses parties : il en est l'horizon, la synthèse. Le « sens » de l'œuvre consisterait donc dans le jeu des dépendances internes de ses éléments, dans les corrélations, récurrences et symétries, entre des sons, des mots ou des épisodes. Cette théorie doit beaucoup aux formalistes russes des années 1920, dont les écrits sont devenus accessibles en France en 1965, grâce à Tzvetan Todorov. Au même moment, Roman Jakobson définit les six fonctions du langage et s'attache en particulier à la « fonction poétique » qui consiste à attirer l'attention sur la forme même du message. Dans la littérature en particulier, cette forme est « rendue difficile » ou perceptible par des parallélismes, des symétries, si bien que le langage cesse d'être transparent aux choses.

Le poème bref à forme fixe illustre au mieux la « littérarité », notion fondée par Jakobson : il est clos sur lui-même, sans référent, fortement structuré, et le vers y est « une complexe et indivisible totalité » où tout est « significatif, réciproque, convexe, correspondant » (Baudelaire). L'application de ses thèses à l'analyse des *Chats* de Baudelaire, avec l'aide de Claude Lévi-Strauss, a provoqué quinze années de débats contradictoires. L'attention quasi exclusive portée au signifiant s'inscrit dans la continuité de Mallarmé qui entendait « céder l'initiative aux mots » de manière à créer de l'inouï. Ainsi, dans son sonnet « en x », le néologisme « ptyx » est inventé par la seule « magie de la rime ».

2. *Les laboratoires du langage*

L'année 1960 est marquée par deux événements importants. Raymond Queneau raconte comment, alors qu'il n'avait écrit que cinq ou six sonnets sur les cent mille milliards de poèmes qu'il projetait, il s'est trouvé un peu découragé. C'est alors que son ami François Le Lionnais lui aurait suggéré de fonder un groupe dédié à la littérature expérimentale. Les *Cent mille milliards de poèmes* sont publiés en 1961 : il s'agit en fait de dix sonnets dont chaque vers, imprimé sur une bandelette, peut entrer dans la lecture de 10^{14} sonnets... Ainsi serait né, de la rencontre de la littérature et des mathématiques, l'OuLiPo (Ouvroir de Littérature Potentielle), nouvelle défense et illustration de la langue française et des vertus de la contrainte : il s'agit d'explorer le potentiel inscrit dans les obligations formelles, linguistiques, rythmiques, etc., de le mettre au jour pour créer « tout un arsenal dans lequel le poète ira choisir, à partir du moment où il aura envie de sortir de ce qu'on appelle inspiration » (Queneau). Aux côtés des lipogrammes et autres palindromes, vers et rimes sont ainsi remis à l'honneur (voir « Genre et registre »), même si le très drôle « Art poétique » de Queneau les malmène quelque peu. S'ils refusent l'inspiration, les oulipiens n'entendent pas renier leur identité de poètes. La fin du *Manifeste* signé en 1973 par Le Lionnais le souligne : « Lorsqu'il sont le fait de poètes, divertissements, farces et supercheries appartiennent encore à la poésie. La littérature potentielle reste donc la chose la plus sérieuse du monde. » Il y aurait donc une essence de la poésie que l'expérimentation verbale ne détruit pas.

On ne trouve pas autant d'humour dans le premier numéro de la revue *Tel Quel*, fondée à l'initiative de Philippe Sollers, Marcelin Pleynet, Denis Roche et Julia Kristeva, qui entend envisager la poésie comme « découverte d'un monde dont notre attention trop souvent se détourne », le monde « tel quel ». Mais la radicalisation en faveur du « textualisme », qui éclate dans le « Programme » publié en 1967, finit par décourager nombre des premiers collaborateurs. Francis Ponge, avec qui la rupture est violente, la commente ainsi : « Il faut avoir un désir d'exprimer. C'est ce qui m'éloigne des purs formalistes, qui croient tout faire avec des mots sans avoir ressenti la moindre émotion. »

Le poème pourrait en effet être défini comme une « matière-émotion » (Char).

3.

Pouvoirs de la poésie : déclinaisons du lyrisme

La linguistique et la psychanalyse ont sérieusement ébranlé la croyance en un sujet maître de soi et de son texte, capable d'exprimer une intériorité dans un rapport de transparence à soi et au monde : il « n'est plus envisagé en termes de substance, d'intériorité et d'identité mais dans sa relation constitutive à un dehors qui l'altère » (Michel Collot). Le sujet devient problématique, de même que son rapport au monde, ce qui modifie la conception du lyrisme.

1. L'Éphémère *renouveau lyrique*

Tandis que *Tel Quel* vire au textualisme, un autre axe se crée autour de la revue *L'Éphémère*, fondée à l'initiative d'André du Bouchet, Yves Bonnefoy, Louis-René Des Forêts et Gaëtan Picon. Dans le « prière d'insérer », Bonnefoy insiste à nouveau sur la « poursuite poétique du réel » et rappelle que « l'œuvre est le moyen et non la fin » : on perçoit ici une pointe contre le textualisme. *L'Éphémère* porte si bien son nom qu'elle n'existe que de 1967 à 1972. Son éditeur, Aimé Maeght, demande alors au poète Claude Esteban de prendre le relais, ce qu'il fera avec la revue *Argile*, de 1974 à 1981. Il y accueille des textes de Jaccottet, Dupin, du Bouchet, Lorand Gaspar, Pierre-Albert Jourdan, tout en y croisant création poétique, peinture et traduction de poésie étrangère. Si sa poésie peut être rapprochée de celle de Jaccottet, l'attention portée à la peinture s'explique par la conscience de l'usure des mots, d'un langage qui risque de l'éloigner de la matière sensible. Bernard Noël, qui ne sépare pas ses textes sur la peinture de ses poèmes, exalte une poésie du corps, physique et textuel, et l'on retrouve une dynamique du même ordre chez Jacques Dupin, dont la confrontation à la peinture peut se lire comme une quête renouvelée de la matérialité et de son contact, dans des textes à forte connotation érotique. Nombreux sont les poètes qui s'intéressent à la peinture, comme Bonnefoy à Giacometti, lointains héritiers de l'inclassable Henri Michaux qui, malgré son « désir d'être agréé comme plante » et l'autoportrait placé sous le signe de la rature et du ratage qu'il livre dans « Quelques renseignements sur cinquante-neuf années d'existence » (1957), a construit une œuvre poétique et picturale foisonnante, parfois agressive, parfois transgressive, mais toujours passionnante.

2. *Un « néo-lyrisme » ?*

Les années 1980 marquent un tournant. *Tel Quel* est, en 1981, remplacé par *L'Infini*, que Sollers entend fonder sur de nouvelles bases. La linguistique structurale, sur laquelle s'était appuyé le formalisme, cède du terrain à la linguistique de l'énonciation, ce qui conduit à replacer le sujet locuteur au centre du travail poétique. Symboliquement, il n'est pas anodin qu'Yves Bonnefoy soit choisi pour succéder à Roland Barthes à la chaire de poétique du Collège de France, comme si le lyrisme retrouvait droit de cité. Marcelin Pleynet, membre fondateur de *Tel Quel*, Lionel Ray ou Jacques Roubaud, qui furent oulipiens, investissent une écriture plus lyrique, parfois liée au deuil comme dans *Quelque chose noir* de Roubaud et *À ce qui n'en finit pas* de Michel Deguy. Celui-ci, contrairement à Bonnefoy et à Jaccottet, célèbre les vertus de l'analogie, l'une des « figures » qui structurent la langue et auxquelles il rend hommage dans un « court traité de poétique » intitulé *La Poésie n'est pas seule* (1987). Dans *La Raison poétique* (2000), il condamne l'abandon de la phrase et du phrasé poétique : à quoi sert d'abandonner « l'illusion des pouvoirs spéciaux de la versification » si c'est pour les remplacer par des « vociférations » ou la seule « technique typographique du signifiant » ?

Nombreux sont les jeunes auteurs qui n'hésitent pas à se revendiquer comme poètes lyriques, et il est frappant de constater qu'ils doublent leur pratique d'une réflexion qui aide à la penser : il s'agit pour eux, à commencer par Jean-Michel Maulpoix, de distinguer leur lyrisme de l'effusion romantique, de « la béance baveuse du moi » dénoncée par Christian Prigent. Maulpoix ou Martine Broda entendent défendre un lyrisme de l'altérité, tourné vers autrui, et dont la légitimité a été renforcée par les essais de Jean-Claude Pinson (*Habiter en poète*, 1995) et Michel Collot, qui a travaillé sur la structure d'horizon, puis sur la matière-émotion. C'est ainsi que l'émotion et la célébration du monde, ce « lyrisme de la réalité » (Pierre Reverdy), ont fait retour chez de nombreux auteurs, parmi lesquels Jacques Réda, qui a pris en 1987 la direction de la revue *NRF*, Yves Peyré ou James Sacré. Mais le lyrisme n'est pas toujours d'assentiment : les *Élégiades* de Jude Stéfan font « déchanter le lyrisme de la vie catastrophée » (Yves Charnet), préférant la « poésie pire » à la poésie pure, instillant une verve caustique dont Benoît Conort est également représentatif. On pourrait également évoquer les œuvres en prose de Jean-Marie Barnaud ou d'Antoine Émaz, dont le dénuement rappelle celui de Reverdy : *Boue,* qui rend compte de la mort d'un homme âgé, s'attache aux choses concrètes, à la banalité des objets et du corps. Par contraste, Nathalie Quintane exalte un prosaïsme désinvolte dans *Chaussure* (1997) : après tout, par rapport à l'objet poétique par excellence qu'est la rose, il n'y a pas si grande différence, excepté que « la chaussure est une rose un peu plus utile que la rose ».

3. *Lyrisme critique et critique du lyrisme*

Évidemment, ce lyrisme, même altruiste, même critique, ne fait pas l'unanimité. La résistance fédère des écrivains comme Jean-Marie Gleize, Christian Prigent et Emmanuel Hocquard autour de la notion de « littéralité » : ce qu'ils écrivent est « littéral », d'une part parce que leurs « énoncés sont à prendre à la lettre, tels qu'ils sont reproduits, noir sur blanc » (Hocquard), dans leur matérialité donc, d'autre part, parce qu'ils disent « littéralement » les choses sans recours à l'image qui implique toujours une subjectivité. Dans *A noir. Poésie et littéralité* (1992), Gleize affirme la volonté d'atteindre un état de la langue sans figures, une « prose plate, aplatie ». Ces auteurs recourent aux énoncés antérieurs, aux lieux communs pour laisser moins de place à l'expression de la subjectivité. Alors que la poésie, telle que la pensent Jaccottet et d'autres poètes lyriques, doit rétablir un lien entre l'homme et le monde, la posture anti-lyrique entend renoncer à l'illusion d'une connivence avec le monde, aggraver la rupture. Face à la « muette stupidité du monde », *À quoi bon encore les poètes ?* demande Christian Prigent. Est-ce à dire, comme l'affirmait Denis Roche en 1968, que « la poésie est inadmissible, et d'ailleurs elle n'existe pas » ?

4.

Aujourd'hui la poésie ?

« Absence de la poésie ? », demandait en écho la revue *Le Débat* en 1989, dans ses *Questions à la littérature.* Il semble qu'il faille donner tort à Denis Roche. Dans le journal *Le Monde,* en 1998, Patrick Kéchichian présentait ainsi la poésie contemporaine :

> On l'imagine souvent difficile, cérébrale, précieuse ou minimaliste. Sans autre forme de procès, on la juge éprise d'abord d'elle-même et peu soucieuse de ses lecteurs. On l'oppose fréquemment à son glorieux et mythique passé. En conséquence de quoi on la lit peu. Il est vrai que la poésie, aujourd'hui comme en toutes ses époques, demande un effort en même temps qu'un désir. […] Pourtant, la poésie contemporaine ne forme pas un territoire homogène ; elle est plurielle, diverse, riche de toutes ses sensibilités et singularités.

On ne peut se contenter, pour estimer la place de la poésie aujourd'hui, d'un chiffre de ventes dérisoire. Elle donne lieu à de nombreuses publications critiques de la part d'universitaires certes, mais aussi des poètes eux-mêmes. S'y ajoutent régulièrement des enquêtes et panoramas, dont témoignent les exemples du *Monde* et du *Débat,* mais auxquels on pourrait ajouter *Critique, Action poétique, Le Nouveau Recueil,* parties émergées d'un vaste iceberg de revues à l'existence parfois éphémère.

La poésie ne se contente cependant pas de ces cercles d'initiés, elle va vers un public moins acquis à travers des biennales, un marché annuel (place Saint-Sulpice à Paris), des états généraux, le « Printemps des poètes » et d'innombrables lectures. Elle se fait abordable sur Internet, sur les murs du métro ou en collection de poche, mais aussi à travers une forme où elle reste étroitement associée, comme à ses origines, à la musique : on songe certes à la chanson, à Georges Brassens, Jacques Brel, Barbara ou Charles Trenet, mais aussi au slam, où la poésie claque et retrouve, dans des tournois, les traits de ce qu'elle était à l'origine, une performance orale.

Promenade parmi les poètes contemporains

1946	Jacques Prévert, *Histoires*; Saint-John Perse, *Vents*; Henri Michaux, *Ailleurs*.
1947	Jean Follain, *Exister*.
1948	René Char, *Feuillets d'Hypnos*; Raymond Queneau, *L'Instant fatal*.
1953	Yves Bonnefoy, *Du mouvement et immobilité de Douves*.
1958	Yves Bonnefoy, *Arrière régnant désert*.
1961	André du Bouchet, *Dans la chaleur vacante*; Francis Ponge, *Pièces*.
1963	Guillevic, *Sphère*; Jacques Dupin, *Gravir*.
1967	Jean Grosjean, *Élégies*; Jacques Roubaud, ∈.
1972	Yves Bonnefoy, *L'Arrière-Pays*.
1980	Georges Perec, *La Clôture et autres poèmes*.
1985	Claude Esteban, *Le Nom et la Demeure*.
1986	Jacques Roubaud, *Quelque chose noir*.
1990	Jean-Michel Maulpoix, *Portraits d'un éphémère*.
1995	Michel Deguy, *À ce qui n'en finit pas*.
2001	Yves Bonnefoy, *Les Planches courbes*.

Voir également « Groupement de textes ». Beaucoup de ces recueils ont été repris dans la collection « Poésie / Gallimard », créée en 1966, actuellement la plus importante collection de poche consacrée à la poésie, et dirigée par le poète et voyageur André Velter.

Sur la poésie contemporaine :

Lionel VERDIER (*Introduction à la poésie moderne et contemporaine*, Hachette Livre, 2001), Daniel BRIOLET et Daniel BERGEZ (*Lire la poésie française du XXe siècle*, Armand Colin, 1995, rééd. 2005), Christine LOMBEZ (*La Poésie moderne. Courants et méthode*, Éditions du Temps, 1999), ces aperçus sur la poésie contemporaine doivent beaucoup à l'étude d'Estelle PIOLET-FERRUX sur *Les Planches courbes* d'Yves Bonnefoy (« La bibliothèque Gallimard », 2005) et à *La Littérature française au présent. Héritage, modernité, mutations* de Dominique VIARD et Bruno VERCIER (Bordas, 2005).

Pour aller plus loin :

Michel COLLOT, *La Poésie moderne et la structure d'horizon*, 2e éd. mise à jour, 2005, et *La Matière-émotion*, Paris, PUF, 1997.
Jean-Pierre RICHARD, *Onze études sur la poésie moderne*, Paris, Seuil, 1962.
Jérôme THÉLOT, *La Poésie précaire*, Paris, PUF, 1997.

Genre et registre

Aux frontières de la prose et de la poésie : le vers libre

LEÇONS ET *CHANTS D'EN BAS* sont deux livres de deuil que leurs titres rapprochent, ne serait-ce que parce que « chants » rappelle le sens musical de « leçons ». Le poète y engage aussi, plus largement, une méditation sur la parole affrontée à la mort. Comment parler aux morts, aux mourants ? Comment parler de la mort ? Quel chant peut-on risquer, quel poème, « ce qui eut nom chanter jadis / et qu'on ose à peine maintenant » ? Ces poèmes qui ne cessent de dire l'impuissance de la parole semblent victimes de cette impuissance, malmenés par un rythme heurté, la désarticulation du vers et un prosaïsme qui interdit tout « enchantement ». S'agit-il alors, encore, de « poèmes » ?

1.

Une frontière discutable et discutée

On a coutume d'opposer la poésie à la prose. Pourtant, la frontière qui sépare l'une de l'autre n'est pas toujours facile à déterminer, sauf pour ceux qui, comme le Bourgeois gentilhomme, prétendent que

« Tout ce qui est prose, n'est point vers ; et tout ce qui n'est point vers est prose… ». De fait, le tracé de cette frontière, voire son existence, a suscité de vifs débats. L'existence même d'objets comme le « poème en prose » ou le « vers libre » nous confronte à des questions difficiles : comment qualifier un texte de « poétique » s'il renonce à ses caractéristiques apparemment les plus évidentes, à savoir la rime ou la métrique, qui s'applique aux « régularités systématiques qui caractérisent la poésie littéraire versifiée » (Benoît de Cornulier) ? Qu'est-ce, alors, qu'un poème ? Quelle est l'essence de la poésie et qu'est-ce qui fait qu'un texte est poétique, hormis la présence du vers et de la rime ?

Contrairement aux apparences, la versification n'est pas un critère déterminant pour identifier un genre spécifiquement poétique. Bien des romans médiévaux étaient en vers, et l'alexandrin lui-même doit son nom au *Roman d'Alexandre* (vers 1130), qui narre les exploits d'Alexandre le Grand. Le même alexandrin devient le grand vers du théâtre classique, privilégié dans toutes les tragédies et bon nombre de comédies, alors que le théâtre médiéval favorisait l'octosyllabe. Cela répondait à une exigence que l'on tend aujourd'hui à oublier : les textes circulaient par voie orale et le vers en facilitait la mémorisation. Le texte de théâtre, voué à la performance orale, a conservé très tard — on en trouve encore des exemples au XXe siècle — la forme versifiée, tandis que la poésie était, de l'Antiquité à la Renaissance, étroitement associée à la musique, au chant et même à la danse. Le décompte syllabique et la rime sont les deux principaux moyens trouvés par les poètes de la Pléiade pour leur « défense et illustration de la langue française » : il s'agit de rivaliser avec la littérature antique, mais dans une langue qui ne fonctionne pas de la même façon puisque les vers latins reposaient sur des pieds (groupements de syllabes brèves ou longues) qui n'existent pas en français. Il faut donc trouver d'autres moyens, propres au français, de créer un rythme.

2.

Les contraintes du système classique

> Enfin Malherbe vint, et, le premier en France,
> Fit sentir dans les vers une juste cadence,
> D'un mot mis en sa place enseigna le pouvoir,
> Et réduisit la muse aux règles du devoir.

Ainsi Boileau présente-t-il en 1674, dans les impeccables alexandrins de son *Art poétique*, l'un des principaux artisans du système classique, qui se définissait lui-même, avec un mélange d'orgueil et de modestie, comme « un excellent arrangeur de syllabes ». Le vers classique est structurellement défini par le nombre de syllabes qu'il contient (*octo*syllabe, *déca*syllabe, etc.). Ce nombre sert surtout à créer des effets d'équivalence mutuelle entre différents groupes verbaux à l'intérieur du vers, un effet de rythme : au-delà de huit syllabes, cette équivalence en nombre n'est plus perceptible à l'oreille, si bien qu'elle est relayée par des césures à l'intérieur du vers. Les vers dits « composés » sont ceux que la césure, marquée en principe par un accent sur la syllabe qui la précède immédiatement, coupe en deux hémistiches (4/6 pour le décasyllabe, 6/6 pour l'alexandrin).

1. *L'alternance des rimes*

Le système classique, comme son nom l'indique, est systématique : très cohérent, il repose sur des règles strictes. La plus ancienne de ces règles, mise en place par Ronsard, est l'alternance des rimes masculines et féminines. Depuis le XIIIe siècle, les vers sont rimés : chaque vers est lié à un ou plusieurs autres vers par l'identité du son vocalique final et, éventuellement, des sons consonantiques qui l'accompagnent. Un vers ne peut donc exister seul mais fonctionne toujours au moins en duo. Sont dites féminines les terminaisons de mots en e caduc, même si le mot est masculin (comme « poème » par exemple). Au XVIIe siècle, on ne prononce plus l'e sourd en fin de mot, et l'exigence porte en fait sur la seule graphie : on n'a ainsi pas le droit de faire rimer « abri » et « amie ». Plus largement, la « rime pour l'œil » restreint durement l'éventail des rimes possibles.

2. *La concordance entre mètre et syntaxe*

Deuxième règle majeure, l'interdiction de l'enjambement posée par Malherbe implique la concordance entre mètre et syntaxe : on a d'un côté la hiérarchie des unités métriques qui composent le poème (hémistiche, vers, distique, quatrain, strophe) et, de l'autre, la hiérarchie des unités syntaxiques ou grammaticales qui constituent un texte quelconque (mot, groupe de mots, proposition, phrase, groupe de phrases). La mélodie propre à la poésie classique et son rythme viennent de l'effort pour faire coïncider ces deux hiérarchies : les pauses syntaxiques, signifiées par la ponctuation, coïncident normalement, dans l'ordre de leur importance, avec les césures, fins de vers, de distiques ou de strophes.

3. *Autres règles : diérèse, e caduc, hiatus...*

Aux règles s'ajoutent quelques instruments de torture supplémentaires — ou ressentis comme tels — pour les écrivains de l'époque et pour les lecteurs d'aujourd'hui.

La diérèse consiste à prononcer en deux syllabes une suite de voyelles dont la première est *i, u* ou *ou.* Le choix n'était pas laissé à la discrétion de chacun : les traités anciens fournissent la liste des mots à prononcer en diérèse, en général en vertu du principe étymologique. La question du e caduc est souvent un vrai casse-tête, surtout pour la lecture des vers écrits depuis la fin du XIXe siècle, car on ne sait jamais si l'on doit les prononcer ou non. Les théoriciens classiques avaient pour leur part résolu le problème en décrétant que le e caduc se prononce quand il est suivi d'une consonne, et s'élide quand il est suivi d'une voyelle. On n'avait donc pas le droit d'utiliser à l'intérieur du vers des mots comme « joie » ou « pluie », ni les verbes conjugués en « ent ». Il a fallu accepter quelques assouplissements, d'autant qu'un autre interdit, encore dû à Malherbe, pesait sur l'écriture versifiée, celui du hiatus, rencontre d'une voyelle à la fin d'un mot et d'une voyelle au début du mot suivant. Un syntagme aussi couramment utilisé de nos jours que « il y a » était tout simplement proscrit.

4. *Des vers libres, déjà...*

Il existe des vers appelés « libres » dès cette période, mais il s'agit plutôt de vers « mêlés » : La Fontaine, par exemple, utilise les modèles traditionnels de vers (alexandrin, décasyllabe, etc.) et les schémas classiques de rimes (plates, croisées, embrassées), mais il les distribue de façon irrégulière et imprévisible. Ces vers sont « réguliers » parce qu'ils respectent les règles énoncées ci-dessus, mais ils sont « irréguliers » dans la mesure où les types de vers, les schémas de rimes ne reviennent pas de façon régulière. Pour éviter les ambiguïtés, Jean-Louis Backès suggère d'appeler « vers réglés » ceux qui ont une organisation interne codifiée, par opposition aux « vers libres », apparus à la fin du XIXe siècle, qui en sont dépourvus.

3.

Le desserrement d'un mécanisme rigide

Pourquoi avoir tant insisté sur ces règles alors même que Philippe Jaccottet semble ne pas y obéir du tout ? C'est que les rapports entre le vers « réglé » et le vers dit « libre » sont complexes et subtils.

1. *Poésie et versification*

Un système aussi rigide s'accommode mal de l'épreuve de la traduction : on est généralement contraint de choisir entre le fond (la compréhension du contenu) et la forme (versifiée). Dès le XVIIIe siècle et plus encore au

XIXe, la vogue des traductions vient bousculer la rigueur classique. Comme Gérard de Nerval, Charles Baudelaire ou Stéphane Mallarmé, Jaccottet est à la fois poète et traducteur, ce qui l'a sans doute incité à admettre un modèle qui ne doit rien au vers traditionnel et à définir autrement l'effet poétique d'un texte.

2. *La poésie : un état d'esprit ?*

Au XIXe siècle, la conception de la poésie s'est profondément modifiée : elle ne serait pas une forme, mais plutôt un état d'esprit, une façon d'être au monde. Dans *Corinne*, Mme de Staël fait dire à son héroïne :

> Je me sens poète, non pas seulement quand un heureux choix de rimes ou de syllabes harmonieuses, quand une heureuse réunion d'images éblouit les auditeurs, mais quand mon âme s'élève.

On lit sous la plume de Jaccottet des constats qui, tout en marquant une distance à l'égard de l'affirmation romantique du moi, font du poème un objet défini hors de toute règle métrique. Il écrit par exemple : « Quelque chose m'a été donné soudain qui était presque un poème, presque le bonheur » (*Éléments d'un songe*), ou bien : « N'étais-je pas entré cette nuit-là, sur les pas de la lune, à l'intérieur d'un poème ? » (*La Promenade sous les arbres*). Ce sont des rencontres avec l'immédiat, des moments un peu magiques hors du temps, hors de la durée ordinaire, que le poème, écrit cette fois, doit (res)saisir. Ces rencontres, comme toute rencontre, ne sont jamais acquises. Le poète n'a aucun moyen de décider des moments où ces illuminations, ces bonheurs lui seront donnés… puis repris. Ainsi, c'est d'abord d'un point de vue existentiel, parfois métaphysique,

que Jaccottet évoque la poésie, et il n'aborde que très incidemment les questions techniques. Elles sont cependant au cœur du combat mené par les romantiques contre les classiques.

3. *« J'ai disloqué ce grand niais d'alexandrin » (Victor Hugo)*

Dans ses *Souvenirs littéraires*, Maxime Du Camp raconte les états de rage que provoquait chez les enseignants la mention de Victor Hugo. Son professeur au collège Saint-Louis, citant le vers : « Oui, de ta suite, ô roi, de ta suite, j'en suis », déclare : « L'homme qui a commis ce vers mérite les galères, c'est une insulte à la probité littéraire de la France ! », et s'étrangle devant le célèbre rejet de « dérobé » au début d'*Hernani* : « Dérobé ! dérobé ! rejeté à l'autre vers ! ces messieurs appellent cela des enjambements : ce sont des écartèlements qu'ils devraient dire ! »

Hugo s'est vanté, que ce soit dans la *Préface de Cromwell* ou dans les trois grands poèmes qui ouvrent les *Contemplations* (« Réponse à un acte d'accusation », « Suite » et « Quelques mots à un autre »), de la révolution qu'il avait provoquée en bouleversant les règles du système classique. Il évoque l'alexandrin, vers noble « jeté aux chiens noirs de la prose », qui « rompt désormais la règle », « saisit la césure et la mord », etc. L'alexandrin est ainsi « disloqué », disons du moins chahuté de l'intérieur, dans la mesure où la césure est parfois effacée et où Hugo cultive une discordance provocante entre métrique et syntaxe, mais il reste reconnaissable comme alexandrin.

La majorité de ces audaces, sur le plan de la versification, se trouvent dans son théâtre, et Hugo s'attarde beaucoup plus longuement sur une innovation sans doute plus essentielle à ses yeux, à savoir l'emploi du « mot propre », fût-il aussi prosaïque qu'un « manche à balai ». Un tel vocable, proscrit de la tragédie par la règle de bienséance, était acceptable en prose ou dans la comédie, et c'est donc une transgression de la hiérarchie des genres qui occupe Hugo, sans doute davantage que les contraintes liées au vers.

4.

« Crise de vers »

Ce qu'on appelle (sans qu'il y ait de consensus très net sur la question) « vers libre » est bien différent de cet alexandrin disloqué, même s'ils ont quelque ressemblance. D'après Michel Murat, on peut presque assigner une date de naissance officielle au vers libre : 1886, année marquée par la publication des *Illuminations* d'Arthur Rimbaud dans *La Vogue* (dont les poèmes « Mouvement » et « Marine » seront ultérieurement identifiés comme les premiers vers libres) et par les premiers essais de (entre autres) Gustave Kahn et Jules Laforgue. C'est aussi, d'après Mallarmé, un an après la mort de Hugo, le moment de la « Crise de vers ».

1. *Stéphane Mallarmé*

« On a touché au vers », déclare-t-il en 1894. « On », ce sont de jeunes poètes autoproclamés « vers-libristes » et qui entendent, comme leur nom l'indique, se libérer des contraintes imposées par le vers traditionnel. Huit ans plus tôt, Mallarmé avait noté dans « Crise de vers » que la littérature subissait une crise fondamentale, liée à la disparition de Hugo qui « était le vers personnellement » et qui avait tout annexé au vers — et donc à lui-même — au nom de l'idée que « la forme appelée vers est simplement elle-même la littérature ; que vers il y a sitôt que s'accentue la diction, rythme dès que style ». Le vers aurait respectueusement attendu la mort de ce géant pour « se rompre », si bien que la langue, désormais, « s'évade » et que chacun peut se composer un instrument à sa mesure.

Mallarmé pointe ainsi l'un des principaux problèmes posés par le vers libre, dont les usages sont si divers qu'il est très difficile d'en donner une définition valable pour tous. Il établit d'ailleurs une sorte de typologie de ceux qui, libérés des contraintes classiques, se plaisent désormais en de « délicieux à peu près » :

— les premiers, fidèles à l'alexandrin, « desserrent intérieurement ce mécanisme rigide et puéril de sa mesure », si bien que l'oreille peut y discerner « toutes les combinaisons possibles, entre eux, de douze timbres ». On peut appeler ces vers des dodécasyllabes, par opposition à l'alexandrin.

— les seconds « se jouent à l'entour » de l'alexandrin par de « voisins accords » ou l'art du « vers faux » (nous dirions plutôt « approximatif ») dans lequel on peut entendre onze, douze ou treize syllabes, selon les choix personnels de prononciation (diérèse ou synérèse, élision ou non du e caduc), indépendamment de toute règle classique.

— les troisièmes enfin cultivent le véritable « vers libre », où le « nombre officiel » est dissous en ce qu'on veut, ce qui en fait un vers « polymorphe ».

2. *Le rôle de Gustave Kahn*

Gustave Kahn, que cite Mallarmé, est passé à la postérité (une postérité restreinte) comme l'inventeur du vers libre. Il serait plus juste de dire qu'il est l'initiateur du vers-librisme, mouvement dont il se fit le porte-parole en tant que secrétaire de la revue déjà mentionnée *La Vogue* et en tant qu'auteur de nombreux écrits critiques ou théoriques sur le vers libre. Il s'agit pour lui d'échapper aux conventions du vers classique, surtout au décompte syllabique, en trouvant un autre moyen de structurer le vers : il suggère un système de couplages, de rappels, qui se traduit surtout par un travail sur les sonorités. On trouve donc sous sa plume de nombreux vers allitératifs qui, eux, ne sont pas du tout passés à la postérité.

3. *Du vers-librisme au modernisme : Apollinaire et la réécriture de « La Maison des morts »*

La solution finalement retenue est plus simple, et on estime parfois qu'elle est due au geste inaugural d'Apollinaire « découpant » l'un de ses textes : ce conte en prose, intitulé *L'Obituaire* (1907) est repris dans *Vers et prose* (1909) sous le même titre, mais sous une forme segmentée, puis donné en 1913 sous le titre « La Maison des morts » à *L'Anthologie des poètes nouveaux* (1913) avant d'être intégré à *Alcools* avec des remaniements mineurs. À ceux, peu nombreux, qui s'avisèrent que le même texte avait paru sous deux formes, Apollinaire répondit avec aplomb l'avoir d'abord composé en vers libres, autrement dit sous sa forme segmentée.

L'examen de ce texte prouve que la version en prose était sans doute première : on perçoit clairement, dans la version segmentée, la violence faite au texte. Le choix du vers libre n'abolit le conflit du vers (marqué par la discontinuité) et de la phrase (marquée par la linéarité) que s'il fait coïncider la fin du vers et la fin du groupe syntaxique. Dès qu'il y a non-coïncidence (rejet, enjambement), s'établit une contradiction entre le visuel et l'oral, entre l'interruption de la ligne et la continuité de la phrase, signe d'un sujet qui affiche son texte comme poème en privilégiant un découpage aléatoire contre la prédétermination syntaxique. Dès avant 1907, les détracteurs du vers libre s'étaient servis de ce procédé pour démontrer que ce n'était pas un vrai vers. Apollinaire le met au service d'une création, démontrant par ce geste que la segmentation par passage à la ligne est nécessaire et suffisante pour produire le vers libre.

5.

Le vers libre

On aboutit ainsi à une définition minimale du vers libre, qui ne va pas sans poser bien des questions.

1. *Autour du vers libre : définition et questions*

Le vers libre « standard », forme « du monde entier » que l'on peut trouver en toute langue, se définirait, selon Michel Murat, par la conjonction de deux éléments : premièrement, il est produit par une segmentation spécifique du discours, propre à la poésie écrite dans sa tradition occidentale moderne. En tant qu'unité, il consiste en un segment de longueur variable. Deuxièmement, cette segmentation est marquée par une convention typographique qui est le passage à la ligne. Et c'est tout…

Envisagé ainsi, le vers libre est presque trop simple. Il ne permet *a priori* ni l'analyse quantitative (comme les vers réglés), ni la construction de modèles (comme les strophes, dont la définition repose sur le système des rimes). La seule caractérisation positive et générale que l'on peut faire du vers libre, c'est qu'il résulte d'une segmentation. Au-delà, on entre dans des usages particuliers du vers libre, propres à chacun. Faut-il dès lors considérer que le vers libre, « polymorphe », a tant de formes qu'il est « informe » ?

2. *Éléments de réponse 1 : un vers visuel*

Le vers libre a d'abord l'intérêt de démontrer l'importance des données visuelles dans la perception du poème : la poésie moderne ne semble pas destinée à être proférée, encore moins chantée. Murmurée, offerte à une lecture silencieuse, elle joue sur la disposition typographique, sur la mise en page et, à ce titre, le poème de Mallarmé, *Un coup de dés jamais n'abolira le hasard,* marque une étape décisive.

3. *Éléments de réponse 2 : vers libre, vers réglé et prose*

Le vers libre peut être considéré soit comme une variante, soit comme une alternative au vers réglé : il se compare à lui en tant qu'il prétend au statut de vers. Certes, *a priori,* la métrique ne s'applique pas à lui puisque, en tant que forme, il ne prescrit ni n'interdit rien. Compter les syllabes en s'interrogeant sur la diérèse ou le e caduc ne sert, pour ainsi dire, à rien puisque aucune interprétation ne peut être considérée comme métriquement juste ou fausse. L'interprétation (au sens où un musicien interprète une musique) reste indéterminée : « Cette indétermination, qui nécessite des ajustements continuels et impose à la lecture une sorte de tension, bien différente de la sécurité que procure la régularité métrique » (Michel Murat) est l'une des caractéristiques majeures de cette forme.

Mais dans le choix de l'interprétation, la référence au vers réglé est souvent décisive, ne serait-ce que par analogie. Le vers libre offre, pour ainsi dire, un versant poétique et un versant prosaïque. Chez de nombreux auteurs, Apollinaire par exemple, mais aussi Jaccottet, l'allure du poème oscille entre vers réglé et vers libre. Sans cesse, « la réminiscence du vers strict hante ces jeux à côté » (Mallarmé), ce qui fait le charme et la tension du vers libre, lequel, en retour, « fait mieux comprendre le vers traditionnel » (Henri Meschonnic).

Sur l'autre versant, le vers libre se distingue de la prose en ce qu'il oblige à une autre lecture et rend sensible aux concordances ou discordances entre limites du vers et limites syntaxiques. Contre « l'universel reportage » dénoncé par Mallarmé, le vers, même libre, confère une autre place et une autre dimension aux mots, qui « s'allument de reflets réciproques comme une virtuelle traînée de feux sur des pierreries ».

Pour aller plus loin :

Benoît de CORNULIER, *Théorie du vers*, Paris, Seuil, 1982 (a renouvelé l'analyse du vers, devenu un ouvrage de référence).

Daniel LEUWERS, *Introduction à la poésie contemporaine*, Paris, Armand Colin, 2e édition mise à jour, 1998 (en particulier le chapitre rédigé par J.-L. Backès, « Le métier poétique »).

Jean MOLINO et Joëlle GARDES-TAMINES, *Introduction à l'analyse du poème 1 et 2*, 1997 (perspective linguistique — « la poésie est l'application d'une organisation métrico-rythmique sur l'organisation linguistique »).

Michèle MONTE, *Mesures et passages. Une approche énonciative de l'œuvre poétique de Philippe Jaccottet*, Paris, Champion, 2002 (aborde l'œuvre de Jaccottet avec les outils de la linguistique de l'énonciation, sur laquelle elle fait le point. La perspective peut paraître aride mais le propos reste abordable).

Michel MURAT, *Le Vers libre*, Paris, Champion, 2008 (porte sur la période qui va de 1886 au surréalisme, sur l'invention de la forme. Exigeant).

Jacques ROUBAUD, *La Vieillesse d'Alexandre*, Paris, Éditions Maspero, 1978. Repris aux éd. Ivrea, 2007 (l'alexandrin vu par un poète contemporain).

L'écrivain à sa table de travail

L'écriture comme réparation

PHILIPPE JACCOTTET DATE LES PREMIERS POÈMES qu'il a reconnus de 1946, et il n'a plus cessé d'écrire depuis : difficile de rendre compte en quelques pages d'une évolution longue de plusieurs décennies. On se limitera ici aux années 1946-1977. Pendant les quelque vingt années qui séparent le recueil *Leçons* des premiers poèmes, Jaccottet a écrit et publié, parallèlement aux recueils poétiques, de nombreux textes en prose, laquelle pourrait se définir chez lui, dans un premier temps du moins, comme « poursuite inachevable de la poésie » (Élisabeth Cardonne). Qu'elle dise le regret ou le manque du poème, ou qu'elle commente un poème existant, la prose permet à Jaccottet de clarifier ce qu'est pour lui la poésie.

1.

« La poésie est donc ce chant que l'on ne saisit pas, cet espace où l'on ne peut demeurer, cette clef qu'il faut toujours reperdre. » (*La Promenade sous les arbres*)

Après avoir écrit les poèmes de *L'Ignorant*, Jaccottet a traversé une période de stérilité poétique inattendue, au cours de laquelle il a tenté, à travers différentes proses, de retrouver le chemin de la poésie : c'est là que se formulent des aspects majeurs de sa poétique.

1. *Le chant du monde*

Il y aurait dans le monde comme « un ordre général, une harmonie », comme si « le monde chant[ait] ». Si le poète est capable d'entendre cet « appel du monde », peut naître de lui un poème qui « traduit ou simplement répète [la] présence chantante, mesurée » du monde (*Éléments d'un songe*, *ES* comme référence). Sous une apparence simple, de tels présupposés suscitent de multiples difficultés. Jaccottet ne doute pas de l'existence de ce chant, mais les moments où il se trouve au diapason du monde et peut ainsi en recevoir les dons sont des moments fugaces, souvent perdus aussitôt que saisis. De même, alors qu'il se méfie des images, il en vient à se demander parfois si l'émotion qu'elles provoquent en lui ne pourrait pas garantir leur légitimité, leur adéquation à la réalité : « Un esprit soucieux d'honnêteté en tirerait-il tant de joie si elles étaient absolument dépourvues de fondement réel ? » (*ES*). On voit combien la poétique de Jaccottet se fonde sur une intuition, une conviction profonde, mais indémontrable autrement que par l'émotion. Celle-ci implique une exigence éthique majeure : « J'ai envie de parler, peut-être sans savoir pourquoi, peut-être parce que je sens que j'ai trouvé la merveille, et qu'il me faut le dire aux autres pour qu'ils cessent de désespérer » (*ES*). L'exigence est de ne pas faire obstacle, de ne pas interposer d'écran entre le monde et le lecteur des poèmes : de l'accord triangulaire entre le monde, le sujet et le langage, doit naître un geste de partage.

2. *Idéal de transparence et poétique de l'effacement*

Idéalement donc, la poésie est un état plus qu'un travail. Une fois l'état atteint, la poésie devrait « couler presque de source », le poète se contentant de parler avec la voix du monde, notamment dans *L'Effraie.* En vérité, une telle facilité est rare : la poésie est objet de langage et le langage est, par essence, un média incompatible avec le rêve d'immédiateté que poursuit Jaccottet. Mallarmé est passé par là, pour qui le langage est tout sauf transparent : à la vitre translucide du langage visant la communication s'oppose le vitrail du langage poétique.

Jaccottet impute l'échec de la transparence à une mauvaise maîtrise du langage et, plus largement, aux filtres dont le sujet doit se dépouiller, c'est-à-dire ses soucis, ses désirs mesquins, ses peurs, et en particulier sa peur de perdre. Pour ne pas faire obstacle à la lumière, il doit s'effacer : « L'effacement soit ma façon de resplendir » (*L'Ignorant*)... L'opacité est souvent associée à la peur (voir p. 62) ou aux larmes qui brouillent, et opposée à la « lumière », assimilée à la transparence : « si tu avais moins peur / tu ne ferais plus d'ombre sous tes pas » (p. 51). Il faut suivre attentivement le motif de la lumière (d'hiver ?) dans ces trois recueils, en particulier les « trois lumières » dont l'une devient « ombre » sous la main du poète (p. 64).

L'idéal serait de « se garder léger » (*Pensées sous les nuages*), afin de mieux s'ouvrir au monde puis à l'autre : Jaccottet cultive en ce sens une « ignorance » dont la nature reste complexe face aux « leçons » que lui impose la vie. Il s'agit surtout de ne pas peser, ni à soi ni aux autres, notamment en universalisant son expérience singulière : cette décision explique, dans de nombreux textes, l'effacement du « je » auquel est substitué un « on » ou un « nous ». Les corrections apportées aux manuscrits révèlent souvent un soigneux travail de gommage et de décontextualisation : tout ce qui réfère trop exclusivement à une expérience personnelle est effacé, comme le montre, par exemple, la comparaison entre l'état final et la première version du poème liminaire de *Chants d'en bas* :

> J'ai vu la morte gisant droite dans son lit
> elle m'a fait penser à ce cierge goudronné
> que nous avions acheté près d'une église à Barcelone
> Elle en avait la pâleur et les pauvres dentelles.

De même dans *À la lumière d'hiver* :

> Les larmes nous sont plus intimes
> elles viennent aux yeux
> source bouillonnante
> ou brume voilant la lumière
> brume au-dessus des lacs
> (Mantoue ainsi m'est apparue
> bordée, fortifiée de larmes silencieuses)

La référence à Barcelone dans un cas, à Mantoue dans l'autre est, chaque fois, soigneusement éliminée dans le texte définitif.

3. *La poésie face à la mort*

Que se passe-t-il quand on est confronté à la mort ? Est-il encore possible de résister à la peur, à la douleur, et de s'effacer ? La mort hante d'emblée la poésie de Jaccottet. Il s'y est déjà confronté, de plus ou moins près, à travers des photographies pour *Requiem*, au chevet d'un petit homme anonyme dans « Devant l'ombre maltraitée » (*ES*), expérience extrême d'où sont nés plusieurs proses et poèmes. *Leçons* marque cependant une étape supplémentaire dans la mesure où la mort touche un être proche, son beau-père, Louis Haesler. Ce n'est plus la « mort en troisième personne », « la mort en général, abstraite et anonyme », mais la « mort en seconde personne », celle du proche, celle qui est « *presque* comme la nôtre, presque aussi déchirante que la nôtre » (Jankélévitch). La mort de sa mère ensuite, évoquée dans *Chants d'en bas* et dans *À travers un verger* (également dédié à une amie décédée), celle de Pierre-Albert Jourdan plus tard, renouvelleront chaque fois l'épreuve, la mise à l'épreuve de la parole poétique. Tout se passe comme si la confrontation à la mort provoquait une émotion aussi extrême, aussi énigmatique que celle ressentie en entendant le chant du monde.

2.

L'écriture du deuil

Jaccottet ne peut s'empêcher de mettre en balance ces deux expériences, tantôt complémentaires, tantôt concurrentes. En témoigne notamment « Apparition des fleurs » (*Cahier de verdure*), où il accomplit le même geste que dans *Leçons* et *Chants d'en bas* : un regard en arrière, le scrupule qui fait peser le doute sur les choix antérieurs.

1. *Un dialogue avec les recueils antérieurs : une palinodie*

Les trois recueils sont écrits en regard du recueil *Airs*, dont ils reprennent les motifs pour les contester, les inverser, les nuancer. *À la lumière d'hiver* s'ouvre sur une allusion explicite à la deuxième section d'*Airs*, mais les échos sont surtout lisibles dans *Leçons*. Dans le poème liminaire, qui met en opposition « autrefois » et « à présent », le « je », le « moi », souvent placé en attaque de vers, se trouve qualifié par une série d'appositions dont les premières renvoient explicitement aux titres des premiers recueils (« l'effrayé », « l'ignorant »). La critique porte surtout sur le premier *Requiem* et sur « Le Livre des morts » dans *L'Ignorant*, ce que confirme une notation dans le manuscrit de *Leçons* : « Ce devrait être pour effacer le “Livre des morts” et sous un autre titre. » Dans les deux cas, Jaccottet se reproche d'avoir écrit à partir d'un « rapport trop indirect » avec la mort. Mais la critique s'étend même au recueil dont Jaccottet a toujours été le plus fier, *Airs* : le second poème de *Leçons* prend congé de leurs « paroles ailées », et il faut lire en regard le premier poème de « Vœux » et certains vers de *Leçons* (voir en particulier p. 20 et 23) pour mesurer la détresse du poète en deuil.

2. *Un dialogue interne*

Le texte intitulé « Travaux au lieu-dit l'Étang », dans *Paysages avec figures absentes*, marque un tournant en dévoilant simultanément la « fabrique du poème », comme dit Francis Ponge, et le poème lui-même, ce qui permet au lecteur de mesurer directement la profondeur du « chantier » conduisant au poème, chantier bien éloigné des poèmes initiaux, nés presque naturellement de l'« appel du monde ». Dans un premier temps, l'approche métatextuelle (le commentaire, la théorie) était cantonnée à la prose conçue dans le manque de la poésie. Les œuvres en prose, les notes de la *Semaison*, la correspondance comportent ainsi de très nombreux passages éclairant la genèse (ou la reprise, la critique) des poèmes ici rassemblés.

Dès *Leçons* et, plus encore dans *Chants d'en bas*, le commentaire s'était installé au sein même du poème, qu'il réfléchisse sur lui-même ou sur un autre poème. Ainsi « Un homme qui vieillit… » (p. 79) se présente-t-il à la fois comme une reprise mimétique et comme un commentaire du « poème-discours » à l'œuvre dans *Chants d'en bas*. De la même façon, « Aide-moi maintenant… » (p. 83-84) fait l'objet d'un commentaire attentif dans le poème suivant (p. 85-86).

Ce phénomène réflexif renforce encore la continuité qui existe entre les poèmes de cette période (*La Semaison*) :

> L'enchaînement de mes travaux récents (1967-1975) me frappe tout à coup : l'un engendrant l'autre comme une succession de recherches plus ou moins approximatives, mais cohérentes (répétitives peut-être aussi). Leur caractère de « suites », comme si j'étais devenu incapable d'écrire un poème autonome, se suffisant à lui-même, n'exigeant ni retouche, ni complément, ni prolongement. J'aimerais mieux, pourtant, le pouvoir ; retrouver une simplicité, une humilité plus grandes, une sorte d'insouciance quant à ce qui est écrit.

3. *L'effet-recueil*

Pourtant, même si Jaccottet le déplore, le manque d'autonomie du poème contribue à faire échec à la puissance négative de la mort et du doute qu'elle engendre. Dans *Chants d'en bas*, l'inscription dans une suite permet de jouer d'une alternance entre la tentation de donner congé à la parole poétique et celle de lui laisser une chance. Dans *Leçons*, l'effet-recueil est encore plus frappant : ce sont bien l'ordre dans lequel apparaissent les poèmes et les liens qu'ils tissent entre eux qui conditionnent leur interprétation. Il n'est pas anodin que les « livres de deuil », nés d'une rupture entre les vivants et les morts, soient précisément ceux dont la structure est la plus cohérente et la plus continue, comme s'il fallait retisser dans le langage les liens défaits par la mort. L'itinéraire dessiné par ces *Leçons* articule nettement deux parcours, l'agonie du « maître » d'une part, la renaissance du sujet poétique, d'autre part. L'évocation des « Raisins et figues » au début du second poème (p. 12) trouve, par exemple, un écho « sous les branches basses des figuiers » (p. 32) et dans les « raisins » éclairés qui closent le recueil (p. 34).

Or l'ordre initial plaçait en finale le poème « C'est sur nous maintenant... », beaucoup plus déchiré (p. 21). Jaccottet a donc choisi l'apaisement, et nous le savons grâce au manuscrit conservé à la bibliothèque Jacques Doucet.

3.

Un patient travail de réparation

> Le seul de mes recueils qui ait fait l'objet d'un véritable travail, et même assez long, est *Leçons*; mais c'est aussi celui que j'ai toujours considéré comme le moins accompli. Si j'ai dû y travailler, c'est qu'il n'a pas bénéficié, pour sa formation, de la cohérence intérieure dont sont issus les livres précédents. J'étais divisé, et aucun travail conscient ne peut réparer l'unité déchirée sans qu'on voie aussitôt les coutures. (*Une Transaction secrète*)

1. *Les leçons du manuscrit*

Le manuscrit de *Leçons*, commencé le 3 novembre 1966, s'achève le 17 octobre 1967. Il réunit plus de 145 feuillets — d'où ne surnageront qu'une vingtaine de poèmes. En marge, Jaccottet note avec précision les étapes de la composition, mais aussi ses doutes, ce qu'il ressent devant les souffrances du mourant.

En fait, *La Semaison* comporte, dès septembre 1965, et plus encore à partir d'avril 1966, toute une série de notations annonçant les poèmes finalement publiés en octobre 1969. On peut y lire, par exemple, une version antérieure du troisième poème datée de juin 1966, qui permet de mesurer à quel point le dernier vers, ajouté après coup, retourne le sens du poème :

> Je ne veux plus qu'éloigner
> ce qui nous sépare du clair
> laisser seulement la place
> au fruit du cœur qui mûrit
> J'écoute des hommes vieux
> qui sont accordés au jour
> J'apprends la patience à leurs pieds.

En novembre, en marge du manuscrit, il critique le « fruit du cœur qui mûrit » : « encore trop beau », « ornement ». Mais, après avoir remplacé le vers « qui se sont accordés au jour » par « qui se sont allié le jour » en 1969, il revient à la leçon initiale dans la version de 1977.

2. *Deux éditions*

Fait rarissime, le texte de *Leçons* a fait l'objet de deux versions publiées différentes, la première en 1969 et la seconde, remaniée, en 1977 : il est ainsi possible de voir véritablement « l'écrivain au travail », par un patient travail de comparaison entre les deux versions.

Les modifications peuvent parfois sembler minimes au niveau du sens : « qu'il soit » est remplacé par « qu'il se tienne », « ma main errante, tremblante » par « ma main errante, qui tremble ». Elles signalent cependant un travail attentif sur la forme, qui va dans le sens d'une moindre harmonie, d'une discordance plus forte. Il arrive aussi que les changements soient considérables. Du cinquième poème, ne sont conservés tels quels que les deux derniers vers isolés. La strophe initiale a fait l'objet d'une réduction radicale :

Ce que je croyais lire en
lui, quand j'osais lire,
était plus que l'étonne-
ment : une stupeur
comme devant un siècle
de ténèbres à franchir,
une tristesse ! à voir ces
houles de souffrance.
L'innommable enfonçait
les barrières de sa vie.
Un gouffre qui assaille.
Et pour défense
une tristesse béant comme
un gouffre.

Lui qui avait toujours aimé
son clos, ses murs,
Lui qui gardait les clefs
de la maison.

Une stupeur
commençait dans ses
yeux : que cela fût
possible. Une tristesse
aussi,
vaste comme ce qui venait
sur lui,
qui brisait les barrières
de sa vie,
vertes, pleines d'oiseaux.

Lui qui avait toujours aimé
son clos, ses murs,
Lui qui gardait les clefs
de la maison.

Le « je » et les modalisations que sa présence entraînait sont complètement effacés. Ne sont gardées que la « stupeur », fortement mise en relief dans le premier vers écourté du poème et dont la cause est révélée en deux temps par le rejet (« Que cela fût / possible »), et la « tristesse », qui n'est plus répétée à l'attaque des vers 4 et 7, mais simplement mise en parallèle avec la stupeur dans une phrase nominale. Les « barrières de sa vie », seule image conservée, ne sont plus « enfoncées » par « l'innommable », mais « brisées » par « ce qui venait sur lui », et discrètement transformées en une cage heureuse par la qualification « vertes, pleines d'oiseaux », qui annonce plus nettement le « clos » de l'avant-dernier vers.

3. *Un incessant travail de reprise*

Le commentaire, le va-et-vient entre le poème et la prose, entre la parole poétique et sa remise en question, engagent une incessante reprise, au double sens de retour et de raccommodage, et *Leçons* en représente le sommet à travers ses deux éditions. On a bien affaire à un patient travail de réparation : le texte retrouve son étymologie, devient tissu pour recoudre les déchirures, restaurer l'échange, « réparer l'espace » comme le font ces « navettes ou anges de l'être » (p. 29). Alors que la mort est évoquée comme une torture qui déchire, le poète redonne légitimité à la parole poétique, capable de « recoudre », c'est-à-dire non seulement de « refaire un linceul de mots pour les défunts », mais d'agir directement contre la mort « en réintégrant les disparus dans un ruban persistant de parole qui les reconnecte aux vivants » (Cardonne).

4.

Poésie, métrique et prose

Ce travail sur la continuité et la discontinuité de la parole poétique se trouve confirmé par une analyse plus technique de ces textes.

1. *Le poème-discours*

Selon Jaccottet, les poèmes de *L'Effraie* seraient « presque des notes de journal, toutes proches de la prose ». On y trouve en fait cinq sonnets, et le vers prédominant y est l'alexandrin, vers que sa longueur rapproche du langage courant. C'est d'autant plus sensible qu'à l'intérieur du vers Jaccottet prend nombre de libertés avec les contraintes classiques (voir « Genre et registre ») et privilégie les rimes plates. Il parvient à un ton proche de la conversation, à ce qu'il appelle le « poème-discours [...] tel un bref récit légèrement solennel, psalmodié à deux doigts au-dessus de la terre », qu'il oppose au « poème-instant » (*La Semaison*). Dans *L'Ignorant*, l'alexandrin, de plus en plus bousculé, voisine avec des vers de treize ou quatorze syllabes. On y entend encore quelque chose de l'alexandrin, des vers réguliers, mais l'on tend clairement vers le vers libre.

2. *Variétés du vers libre*

Le recueil *Leçons*, tout en renouant avec certains vers courts d'*Airs*, frappe par une très forte hétérométrie des vers qui donne aux poèmes l'allure de « peigne à dents cassées » (Murat), et par la quasi-absence de rime. Les vers courts sont souvent les lieux où l'émotion et la révolte se condensent, tandis que l'hétérométrie, quand elle est très accentuée, peut être interprétée comme un signe de bouleversement du locuteur. À l'inverse, dans le dernier poème, le blanc typographique qui sépare les trois hypothèses successives permet de les laisser résonner longuement dans l'esprit du lecteur.

Chants d'en bas et *À la lumière d'hiver* renouent avec les vers longs apparus dans *L'Ignorant*, mais il ne s'agit plus cette fois de poèmes isométriques, et la rime paraît définitivement abandonnée. Les traits du discours y sont accusés : les connexions logiques s'exhibent, de même que les rectifications et ajouts qui introduisent le commentaire au sein même du poème, parfois entre parenthèses. L'allure du poème devient, de ce fait, à ce point prosaïque que parfois seule la disposition typographique signalerait qu'on a encore affaire à des poèmes. « Parler », verbe qui donne son titre à la première section d'*À la lumière d'hiver* et que l'on retrouve à plusieurs reprises dans les huit poèmes qui la composent, n'est pas « chanter ». La tension entre l'un et l'autre est au cœur de ce recueil où s'opposent constamment le terme « chant » et ce qu'on hésite à appeler « poèmes », « ce qui eut nom chanter jadis / et que l'on ose à peine maintenant » (p. 45). C'est « la rage d'écrire inscrite sur la page » (Michèle Monte).

Pour prolonger l'étude et la réflexion

Christine BÉNÉVENT, *Poésie et À la lumière d'hiver*, Paris, Gallimard, « Foliothèque », 2006.

Élisabeth CARDONNE-ARLYCK, *Véracités. Ponge, Jaccottet, Roubaud, Deguy*, Paris, Belin, 2009.

Judith CHAVANNE, « Le manuscrit de *Leçons* : sous le signe de la fidélité », *Philippe Jaccottet*, cahier 14, sous la direction de P. Née et J. Thélot, Cognac, Le Temps qu'il fait, 2001.

Jean-Claude MATHIEU, *Philippe Jaccottet. L'évidence du simple et l'éclat de l'obscur*, Paris, José Corti, 2003.

Michèle MONTE, *Mesures et passages. Une approche énonciative de l'œuvre poétique de Philippe Jaccottet*, Paris, Champion, 2002.

Lionel VERDIER, « Relectures et dilectures de *Leçons* », actes de la journée d'études *Se relire après oubli*, 2005, http://screcherche.univ-lyon3.fr/prog/relecture.htm.

Groupement de textes

« Ce qui demeure »

« *WAS BLEIBET ABER...* » (« Mais ce qui demeure... »), tel est, emprunté à un vers de Hölderlin dans « Souvenir » (*Mais ce qui demeure, les poètes le fondent*) l'intitulé d'un cahier qui, à la date d'avril 1984, s'ouvre sur ces mots : « une idée qui durera ce qu'elle durera : noter, par une relecture non systématique des poètes, "ce qui demeure" pour moi — ce qui m'atteint encore, sans esprit d'objectivité ou d'intention d'histoire littéraire. En me bornant d'abord aux œuvres d'après 1900, et françaises ».

Ainsi débute la préface qui ouvre l'anthologie constituée par Philippe Jaccottet, publiée en 2002 sous le titre *Une constellation, tout près...* et consacrée aux poètes d'expression française du XXe siècle. Elle a été suivie en 2005 par *D'autres astres, plus loin, épars,* qui réunit cette fois des poètes européens.

Cette anthologie donne à lire différents textes d'une cinquantaine de poètes, de Paul-Jean Toulet (1867-1920) à Bernard Simeone (1957-2001), en passant par Guillaume Apollinaire, Paul Éluard, René Char ou Francis Ponge, mais également par des poètes moins connus tels que Jean de Boschère ou Pierre Reverdy, à qui Jaccottet accorde une grande place. Elle constitue une sorte d'aboutissement pour cet inlassable « passeur de textes » qu'est Philippe Jaccottet, ce dont témoignent les chroniques qu'il a données à différentes revues et quotidiens, partiellement lisibles dans *L'Entretien des muses* (chroniques de poésie, 1968) et *Une Transaction secrète* (lectures de poésie, 1987) :

> Je n'ai commencé d'écrire des chroniques que pour avoir été attiré, éclairé, nourri par certaines œuvres ; pour m'être attristé ou indigné de les voir méconnues ; pour avoir espéré leur gagner quelques lecteurs. Aussi s'agissait-il moins, pour moi, de bâtir une œuvre critique à leur propos que d'essayer d'ouvrir un chemin dans leur direction ; en souhaitant que ce chemin, une fois l'œuvre atteinte, fût oublié. (*L'Entretien des muses*)

Une fois n'est pas coutume donc, voici un ensemble de textes moins unis par une thématique commune que par une « transaction secrète », moins un groupement donc qu'une « constellation tout près de nous, dans la main ouverte, dans le livre ouvert ». Ce qu'en dit Philippe Jaccottet pour ouvrir un chemin vers les œuvres révèle les éléments d'une poétique dont nous avons tenté de restituer les aspects qui pouvaient être utiles à l'appréhension de son œuvre, aussi bien sur le plan thématique que sur le plan formel.

GUILLEVIC (1907-1997)

« Tenir »

Sphère (1963)

(Poésie / Gallimard)

C'est à Carnac que Guillevic — il signa son œuvre de son seul patronyme — rencontre le monde « terraqué » (de terre et d'eau) : cet éveil en ce lieu de préhistoire le marqua de façon décisive. Malgré une longue et absorbante carrière adminis-

trative, il se consacre jusqu'à sa mort à une vie de poésie. Si, dans les années 1950, son œuvre est marquée par le militantisme, il s'en dégage dès 1961, s'exerçant à « tout rendre concret, palpable » dans un univers pour lui sans hiérarchie. Guillevic est habité par la nécessité non pas de se dire ou de dire le monde, mais d'en inscrire l'équation dans un langage simple, tendre, qui pénètre et révèle l'instantané de l'être au cœur de la matière. Dans L'Entretien des muses, *Philippe Jaccottet commente : Guillevic « préfère les sonorités sèches, ou plates, ou étouffées, les mots neutres […], les répétitions et […] la sentence », dans une concision que ravive « la combinaison très sensible de ces éléments neutres ». Dans la « sphère », assimilée à l'espace de la poésie que le poète aurait réintégré, « tout se calme, plus rien ne tremble ». À vous de voir si l'analyse de Jaccottet vous ouvre un chemin vers cette poésie.*

Tout ce qu'on a tenu
Dans ses mains réunies :

Le caillou, l'herbe sèche,
L'insecte qui vivra,

Pour leur parler un peu,
Pour donner amitié

À soi-même, à cela
Qu'on avait dans les paumes,

Que l'on voulait garder
Pour s'en aller ensemble

Au long de ce moment
Qui n'en finissait pas.

Tout ce qu'on a tenu
Dans ses mains rassemblées

Pour ajouter un poids
De confiance et d'appel,

Pour jurer sous le ciel
Que se perdre est facile.

Tout ce qu'on a tenu :
L'eau fraîche dans les mains,

Le sable, des pétales,
La feuille, une autre main,

Ce qui pesait longtemps,
Qui ne pouvait peser,

Le rayon de lumière,
La puissance du vent,

On aura tout tenu
Dans les mains rapprochées.

George SCHEHADÉ (1905-1989)

« De l'automne jauni… »

Les Poésies (1969)

(Gallimard)

Né à Alexandrie d'une famille libanaise, George Schehadé a effectué une partie de ses études à Paris, puis occupé différents postes dans l'administration française au Liban. Son théâtre, léger et fantaisiste, invite selon Jaccottet à « larguer les amarres », il est « pure grâce ». Ses poèmes, « si rares qu'ils ne font guère plus de cent pages pour toute une vie », sont pourtant capables d'une incroyable magie : « Avant de le lire, nous étions peut-être empêtrés, enlisés, crispés ; ou simplement, éteints. Que la baguette de ses mots nous touche, et nous voilà changés, de chenilles rampantes devenus, grâce à eux, papillons ; désentravés mais sans violence. » Le monde, métamorphosé par le poète, « vacille, il flotte, il lévite, il s'éclaire », « d'autres liens lient entre elles d'autres choses». À ce stade, Jaccottet ne peut que citer le poème que vous allez lire : «on ne peut guère plus toucher à ces moments de pure grâce qu'analyser un regard d'enfant» («Grâce rendue à la grâce (George Schehadé)», La Nouvelle Revue française, *n° 456, Gallimard, 1991).*

De l'automne jauni qui tremble dans le bois dételé
Il demeure une étrange mélancolie
Comme ces chaînes qui ne sont ni pour le corps ni pour l'âme

Ô saison les puits n'ont pas encore déserté votre grâce
Ce soir nous avançons dans vos feuilles qui passent
Près d'une cascade de triste folie

Et voici dans un nuage de grande transparence
L'étoile comme une étincelle de faim

Henri THOMAS (1912-1993)

«Derniers beaux jours»

Le Monde absent (1947)

(Poésie / Gallimard)

Henri Thomas fut traducteur, romancier, essayiste et poète. Son œuvre abondante est cependant restée discrète. Philippe Jaccottet l'a rencontré à Paris et, dans la chronique qu'il lui consacre en 1949, intitulée «Sur un ton de confidence : Henri Thomas», il met en valeur le «ton presque conversationnel», le «langage intime» qui marque certaine poésie d'après guerre, loin du «verbalisme» du surréalisme notamment : «la poésie, constate-t-il, me paraît retrouver un pouvoir bien plus grand que celui, presque toujours suspect, qu'elle avait cru conquérir avec la libération de toute règle». Ce «retour aux formes fixes» se caractérise cependant par «une certaine modestie de ton et de sujet» : «la vie quotidienne, avec tout ce que l'on croit y voir d'antipoétique, s'intègre dans un discours parfois très proche de la prose et qui pourtant s'en distingue essentiellement », et ce parce que la poésie est métamorphose, transfiguration et qu'elle « nous aide à trouver les chemins, les sources, le soleil ». La poésie d'Henri Thomas, « au bord du murmure ou de la chanson », fruit d'une maîtrise du langage telle « qu'on ne s'aperçoit plus qu'il y a un style, des alexandrins ou des rimes », trouve aux yeux de Jaccottet son acmé dans Le Monde absent, *sur lequel il revient longuement en 1967 dans « Sentier confus de clarté... » (*L'Entretien des muses*). Cette fois, l'attention est exclusivement concentrée sur Henri Thomas, « dont le bonheur et le malheur sont dans l'incessant mouvement ». À la tentation dangereuse de « glisser vers le bas », se substitue « une totale ouverture, permettant une confusion avec le monde [...], une confusion ivre de deux ou plusieurs mouvements, une sorte de désordre (heureux) » que certains poèmes, dont « Derniers beaux jours », ont su saisir. Dans ces « dons de très rares instants », s'opère « un équilibre non moins singulier que l'était la confusion, parce qu'il maintient l'incertitude, l'ouverture, la vie, en accordant un poids égal à deux vérités simultanément possibles ». Cela se traduit sur le plan formel par la « répartition égale des poids » à l'intérieur du vers et du poème. Au mouvement, il faut cependant ajouter la lumière, elle aussi ouverture, à la fois brouillée et revivifiée par la pluie, la neige, et dont le signe se produit généralement dans la rue, parfois sur un « sentier confus de clarté ».*

Cristal de septembre,
fragile, embué
d'un souffle léger

la prunelle est bleue
le long du sentier
confus de clarté,

paroles dorées
qu'une voix timide
prononce à l'orée

des bois vieillissants
donnez à ma vie
quelque ombre de sens.

Paul CLAUDEL (1868-1955)

« Tristesse de l'eau »

Connaissance de l'Est (1900 et 1907)

(Mercure de France, repris en Poésie / Gallimard)

Paul Claudel, qui fut diplomate comme Saint-John Perse, est surtout connu pour son théâtre. Marquée par le lyrisme, son œuvre est imprégnée d'une dimension religieuse forte, à la suite d'une véritable « conversion » qui eut lieu en 1886, année de naissance du vers libre. Rien de poussiéreux, pourtant, dans cette œuvre qui est en même temps charnelle, sensuelle, avant-gardiste : Claudel découvre en même temps Dieu et… Rimbaud, à travers les Illuminations *et* Une saison en enfer. *Il écrit ses premiers poèmes en 1887 et fréquente les mardis de Mallarmé.*

En 1895, il est nommé en Chine. Il tente de « traduire sa nostalgie de déraciné en vers réguliers mais les Vers d'exil *se réduisent à une mince plaquette » (Gadoffre) et il décide de « changer de banquette » : quittant la banquette arrière de la nostalgie, il passe « à la banquette avant », à l'exploration et la conquête de la Chine, ce dont témoigne* Connaissance de l'Est. *Ce recueil de poèmes en prose est publié en deux fois, la première partie datant de 1895-1900, la seconde, beaucoup plus courte, de 1900-1905. Claudel y voit son « œuvre la plus mallarméenne », mais l'attention au réel qu'elle révèle est sans doute liée aux conseils de Jules Renard. « Il ne s'agit pas de description pure et simple, il s'agit d'une connaissance et d'une compréhension », précise Claudel, ce qui lui permet de concilier les deux influences, le talent d'observation requis par Renard et l'art de l'analogie, mis au centre par le symbolisme et dont Mallarmé est le modèle.*

Certaines pages de Claudel « gardent sur [Jaccottet], à

travers les années, un extraordinaire pouvoir », et ce sont précisément des « descriptions » ou des « images » du monde réel qui lui semblent paradoxalement « écrites les yeux fermés », comme si Claudel « se ramass[ait] sur lui-même » pour n'être plus « alors qu'une espèce d'ours énorme et noir concentré sur du miel » — image que l'on n'est pas obligé de garder à l'esprit pour lire ce poème, concentré non sur du miel, mais sur de l'eau.

Il est une conception dans la joie, je le veux, il est une vision dans le rire. Mais ce mélange de béatitude et d'amertume que comporte l'acte de la création, pour que tu le comprennes, ami, à cette heure où s'ouvre une sombre saison, je t'expliquerai la tristesse de l'eau.

Du ciel choit ou de la paupière déborde une larme identique.

Ne pense point de ta mélancolie accuser la nuée, ni ce voile de l'averse obscure. Ferme les yeux, écoute ! La pluie tombe.

Ni la monotonie de ce bruit assidu ne suffit à l'expliquer.

C'est l'ennui d'un deuil qui porte en lui-même sa cause, c'est l'embesognement de l'amour, c'est la peine dans le travail. Les cieux pleurent sur la terre qu'ils fécondent. Et ce n'est point surtout l'automne et la chute future du fruit dont elles nourrissent la graine qui tire ces larmes de la nue hivernale. La douleur est l'été et dans la fleur l'épanouissement de la mort.

Au moment que s'achève cette heure qui précède Midi, comme je descends dans ce vallon qu'emplit la rumeur de fontaines diverses, je m'arrête, ravi par le chagrin. Que ces eaux sont copieuses ! et si ces larmes comme le sang ont en nous une source perpétuelle, l'oreille à ce chœur liquide de voix abondantes ou grêles, qu'il est rafraîchissant d'y assortir toutes les nuances de sa peine ! Il n'est passion qui ne puisse vous emprunter ses larmes, fontaines ! et bien qu'à la mienne suffise l'éclat de cette goutte unique qui de très haut dans la vasque s'abat sur l'image de la lune, je n'aurai pas en vain pour maints après-midi appris à connaître ta retraite, val chagrin.

Me voici dans la plaine. Au seuil de cette cabane où, dans l'obscurité intérieure, luit le cierge allumé pour quelque fête rustique, un homme assis tient dans sa main une cymbale poussiéreuse. Il pleut immensément ; et j'entends, seul, au milieu de la solitude mouillée, un cri d'oie.

Pierre-Albert JOURDAN (1924-1981)

« Gouttes de pluie »
L'Espace de la perte (1984)

(Éditions Unes, Nice,
repris dans *Le Bonjour et l'Adieu*, Mercure de France)

Pierre-Albert Jourdan est un écrivain méconnu, alors même que son œuvre a été saluée par des auteurs aussi prestigieux que René Char, Yves Bonnefoy ou Philippe Jaccottet. Cette œuvre a été rassemblée dans deux volumes posthumes, Les Sandales de paille *(1987) d'une part, recueil de journaux et fragments,* Le Bonjour et l'Adieu *(1991) d'autre part, dont le titre générique est celui d'une prose poétique écrite sous forme de lettres à sa fille. Ce second tome réunit l'œuvre poétique de Pierre-Albert Jourdan, soit neuf recueils composés de 1956 à 1978, presque tous inédits.*

Philippe Jaccottet et Pierre-Albert Jourdan ont tissé des liens d'amitié très forts dans les années 1970, et l'admiration de Jaccottet pour son œuvre transparaît dans ses chroniques (« Messager qui efface les murailles » dans Une transaction secrète*) et dans la préface qu'il signe pour* Le Bonjour et l'Adieu. *Il lit dans* L'Espace de la perte *les « mots les plus réconfortants qui se puissent entendre ». Les maîtres de l'Orient ont aidé Jourdan à entrer dans cet « espace de la perte », celui où l'on « se fait élève du monde », pour ensuite lancer une « flèche à faire vivre les hommes » : « telles seront les plus belles lignes tracées par lui désormais : de petites flèches empennées* *de thym, et désignant le ciel pour illuminer une terre habitable».*

Très affecté par la mort de son ami, dont il évoque l'enterrement dans Autres journées, *Jaccottet lui a dédié, dans* Pensées sous les nuages, *les «Plaintes sur un compagnon mort».*

Gouttes de pluie sur la tôle, plus sobres que ces mots si peu vêtus, gouttes de pluie comme on bat le rappel, plaintes feutrées — ici aussi tu tords le mouchoir! Toujours tu te détournes de cet espace inhabitable. La pluie ne dit pas autre chose, frappant sur la tôle.

Frappe, pluie, frappe encore! Il y a toujours à détruire. Mais demain ce miroir d'eau refusera mon visage: il est le trouble.

Ici s'égrène la sentence, je le sais. Peut-être que la pluie ne va pas cesser? C'est elle l'arche.

Nicolas BOUVIER (1929-1998)

«Love Song I»

Le Dehors et le Dedans (1982)

(Éditions Bertil Galland,
repris par Éditions Zoé et en Quarto)

Le nom de Nicolas Bouvier est généralement associé à la littérature de voyage, que son livre L'Usage du monde, *publié à compte d'auteur en 1963, a contribué à redéfinir. Paru pour la première fois en 1982 et augmenté de quelques poèmes au fil des éditions successives,* Le Dehors et le Dedans *est son unique recueil de poésie. Il est divisé en deux parties, intitulées «Le dehors» et «Le dedans», qui s'ouvre sur «Love Songs», suivi d'«Emplois du temps». Nous n'avons retenu ici que la première, écrite lors d'un voyage au Japon effectué avec sa femme et ses deux enfants, mais il faut lire les deux autres, également magnifiques!*

« Love song I »

Un peu de gris, un peu de pluie
et c'en est déjà presque trop
il faut chanter si bas pour t'endormir
Circé du bord des larmes

frêle et fragile comme tu l'es
parfois je me demande
d'où te viennent ces larges richesses d'ombre
et dans quels jeux silencieux tu t'égares
avec cette soie dévidée dans le noir
sans doute ne sais-tu pas toi-même
pour quelle lumière inconcevable
tu as préparé tant de nuit

Auberge aveugle du chagrin
ouverte et jamais pleine
mon beau bémol
ma douce haine
ton secret, tes couloirs
tes veines
où j'habite et retiens ma voix.

(Nakano-ku, Tokyo, février 1965)

Louis-René DES FORÊTS (1918-2000)

Poèmes de Samuel Wood (1988)

(Fata Morgana, repris en Poésie / Gallimard)

Les débuts littéraires de Louis-René Des Forêts datent de la période de l'Occupation ; entre 1941 et 1943, il écrit Les Mendiants, *suivis en 1946 du* Bavard, *récit vertigineux. Il rencontre alors Raymond Queneau et André Frénaud. Il se retire ensuite en province où il entreprend la rédaction du* Voyage d'hiver, *resté inachevé. Il publie dans quelques revues. En 1953, il revient à Paris et participe à la conception de* L'Encyclopédie de la Pléiade, *avec Raymond*

Queneau. Il se lie alors d'amitié avec Michel Gallimard, Robert Antelme, Georges Bataille et Maurice Blanchot.

L'année 1960 est marquée par la publication de La Chambre des enfants. *En 1967, il fonde la revue* L'Éphémère *; il fait également paraître au Mercure de France* Les Mégères de la mer. *Chez le même éditeur paraîtra en 1997 son dernier ouvrage,* Ostinato, *autobiographie fragmentée. Dans les* Poèmes de Samuel Wood *se mêlent deux voix, la sienne propre et celle d'un autre imaginaire, Samuel Wood, « homme-titre ou figure-livre » (Maulpoix) qui peut être objet ou sujet du poème. À travers ce dialogue, se donne peut-être à lire la modalité permanente d'une relation conflictuelle au langage, qui est constamment mis en scène, en question et en cause et dont il faut sans relâche redistribuer les voix. On touche, à travers la question de la voix, à certaines des questions fondamentales que (se) pose la poésie contemporaine.*

Une ombre peut-être, rien qu'une ombre inventée
Et nommée pour les besoins de la cause
Tout lien rompu avec sa propre figure.
Si faire entendre une voix venue d'ailleurs
Inaccessible au temps et à l'usure
Se révèle non moins illusoire qu'un rêve
Il y a pourtant en elle quelque chose qui dure
Même après que s'en est perdu le sens
Son timbre vibre encore au loin comme un orage
Dont on ne sait s'il se rapproche ou s'en va.

Chronologie

Philippe Jaccottet et son temps

1.

De Moudon à Lausanne (1925-1946)

Philippe Jaccottet est né à Moudon, dans le canton de Vaud (Suisse romande), le 30 juin 1925. Il y grandit jusqu'à l'âge de huit ans. Sa famille déménage en 1933 à Lausanne où son père, vétérinaire, a sollicité son affectation administrative pour faciliter les études de ses enfants.

Après son baccalauréat, Philippe Jaccottet y poursuit des études de lettres jusqu'à l'obtention de la licence. Lecteur boulimique, il découvre le grec et la poésie moderne grâce à ses professeurs. En 1940, à l'âge de quinze ans, il offre à ses parents un manuscrit resté inédit, *Flammes noires.* Un an plus tard, il fait la rencontre décisive de Gustave Roud lors de la remise du prix Rambert, le plus ancien prix littéraire romand. En 1942, débute entre eux une correspondance que seule interrompra, en 1976, la mort de Roud (publiée en 2002). Celui-ci, poète et traducteur, « ouvre [à Jaccottet] l'univers de la poésie romantique allemande », et lui fait découvrir en particulier Novalis et Hölderlin. Contrepoint à ce pôle « nord », Jaccottet fréquente simultanément l'atelier de « quelqu'un qui était vraiment le Sud », Lélo Fiaux, chez qui se réunissaient amis et étudiants lausannois.

Jaccottet s'essaie au travail de traduction, pour son plaisir. Il continue d'écrire, et certaines de ses productions sont livrées au public : il fait paraître en périodique ses premiers poèmes (« Élégie », « Les Iris », « Pour les ombres ») en 1944, et publie son premier livre, *Trois poèmes aux démons*, en mai 1945. Ce recueil, désavoué ensuite, n'a jamais été repris. Dans le même temps, sa première pièce de théâtre, *Perceval*, est lue à la Guilde du livre. Il n'achève pas la deuxième, *La Lèpre*, et toutes deux sont aujourd'hui introuvables.

En septembre 1946, à l'invitation de Lélo Fiaux, Jaccottet quitte Lausanne pour Rome, en compagnie du marionnettiste Gilbert Koull. Il y rencontre le poète italien Giuseppe Ungaretti, dont il traduira de nombreux poèmes et des essais et avec qui il entretiendra également une riche correspondance (publiée en 2008). Ce voyage en Italie (dont témoigne *Libretto*, 1990) n'est que le premier d'une longue série…

1924	André Breton publie *Le Manifeste du surréalisme.*
1926	Paul Éluard publie *Capitale de la douleur.*
1933	Hitler arrive au pouvoir en Allemagne. Montée des droites en Europe.
1936	Victoire du Front populaire en France. Début de la guerre civile en Espagne.
1939-1945	Seconde Guerre mondiale (1940 : signature de l'armistice entre la France et l'Allemagne ; 1942 : rafle du Vel d'Hiv ; 1944 : débarquement allié en Normandie en juin, en Provence en août).
1946	Début de la IVe République en France.

2.

Les années parisiennes (1946-1953)

Ne souhaitant pas enseigner malgré l'obtention de sa licence, Philippe Jaccottet s'installe à Paris à l'automne 1946, comme collaborateur de l'éditeur Mermod. Riche industriel, celui-ci a joué jusqu'à sa mort en 1961 un grand rôle dans la vie intellectuelle de la Suisse romande, pratiquant une sorte de mécénat qui consistait à éditer luxueusement les plus grands écrivains suisses, Charles-Ferdinand Ramuz, Charles-Albert Cingria, Gustave Roud, Maurice Chappaz, entre autres. C'est pour la traduction de *La Mort à Venise* de Thomas Mann que Philippe Jaccottet est entré en contact avec lui, et c'est chez lui que paraît, en 1947, *Requiem*, qui a pour origine « une violente réaction d'horreur et de révolte » devant des photographies « de jeunes otages ou de jeunes maquisards du Vercors torturés, puis abattus par les Allemands ». Il considère ce recueil comme un « essai entaché de grandiloquence », dont il n'a accepté, non sans réticence, la réédition qu'en 1991 :

> J'ai assez vite compris qu'il était essentiel pour moi que je baisse un peu le ton et que je me contente d'écrire ce que j'étais capable d'écrire à ce moment-là [...]. Je suis alors reparti sur une voie beaucoup plus modeste qui fait que, par exemple certains des poèmes de *L'Effraie* sont presque des notes de journal, toutes proches de la prose. Il est indéniable que ce fut le commencement de ce que je considère comme ma propre voix.

Il lie cette prise de conscience à sa venue à Paris : alors qu'il était une « gloire locale » à Lausanne, il a rencontré à Paris ceux qui eurent « le courage de critiquer » ce qu'il avait écrit. *L'Effraie* dut certainement beaucoup à Henri Thomas (voir p. 157), qui compte parmi ceux avec qui Jaccottet a noué des amitiés littéraires durant ces années-là, en partie par l'intermédiaire de Mermod.

Ces amitiés se répartissent en deux cercles principaux, l'un autour de la *Nouvelle Revue française* (*NRF*) et de Jean Paulhan (Marcel Arland, Francis Ponge, Jean Tardieu...), l'autre autour de la *Revue 84* (Alfred Kern, André Dhôtel, Henri Thomas, Pierre Leyris...). Mais Jaccottet rencontre aussi des poètes dont il a fait l'éloge dans ses chroniques, comme André du Bouchet, Yves Bonnefoy, Jacques Dupin... Même si Mermod lui confie d'autres tâches, toutes n'aboutissent pas et, pour assurer sa subsistance, Jaccottet accepte ailleurs d'autres projets. Il commence à publier des articles critiques dans des revues littéraires et artistiques suisses (*Pour l'art*, par exemple), mais aussi pour des quotidiens dont il tient la chronique littéraire, *La Gazette de Lausanne* où travaillait son ami Edmond-Henri Crisinel (mort en 1949) et *La Nouvelle Revue de Lausanne* en particulier. Un choix parmi les quelque 450 articles ainsi publiés a été procuré par Jean-Pierre Vidal en 1994 dans *Écrits pour papier journal, chroniques 1951-1970*. Jaccottet s'essaie aussi à diverses traductions, que ce soit de Platon ou de Robert Musil. Il publie en revue, entre 1949 et 1952, des poèmes ensuite réunis dans *L'Effraie*, publié chez Gallimard dans la collection « Métamorphoses » dirigée par Jean Paulhan. Ce recueil marque pour Philippe Jaccottet le véritable début de son œuvre.

1946-1954 Guerre d'Indochine. Dès la fin de la Seconde Guerre mondiale, des mouvements anti-colonialistes se sont affirmés. Le mouvement de décolonisation, parti de l'Asie, touche ensuite l'Afrique du Nord et l'Afrique noire.
1947 Début de la guerre froide.

3.

La vie à Grignan (depuis 1953)

À son mariage, en 1953, avec le peintre Anne-Marie Haesler, il s'installe à Grignan, dans la Drôme, dont les paysages deviennent une source d'inspiration. Son travail de poète et le travail de peintre de sa femme se complètent comme deux « poursuites du réel » entrelacées. Deux enfants naissent : Antoine en 1954, Marie en 1960.

Le départ pour Grignan est une « concrétisation géographique » du besoin de distance que ressentait Jaccottet. Il y poursuit d'abord un intense travail de traduction et de critique, continuant ses chroniques pour la presse lausannoise et commençant, mais seulement à partir de 1953, à publier dans une revue française, et non des moindres, la *NRF*, qu'il ouvre à la littérature allemande. Son activité de traduction, dont témoigne exemplairement la correspondance avec Roud, constitue son principal gagne-pain. Parmi les traductions majeures, on compte *L'Odyssée* d'Homère, l'œuvre de Musil (au premier rang de laquelle *L'Homme sans qualités*), les poèmes de Góngora, mais aussi Hölderlin, Rilke, Ungaretti, Mandelstam et tant d'autres.

Son œuvre personnelle se poursuit. En 1956, il reçoit à son tour le prix Rambert (prix qui sera suivi de beaucoup d'autres), occasion pour lui de mettre en place les « éléments d'une poétique » dans son discours de remerciements, repris dans *Une Transaction secrète*. En 1958, paraît son second recueil, *L'Ignorant*, moins sombre que le premier. Mais cette publication est suivie par une période de stérilité poétique inattendue, qui dure quatre ans, et dont témoignent des écrits en prose, des notes ajoutées à la suite de *La Promenade sous les arbres* parue en 1957, les *Éléments d'un songe* et le récit intitulé *L'Obscurité*, parus tous deux en 1961. Cette crise trouve son issue dans la découverte émerveillée du haïku, à travers une anthologie traduite en anglais par Blyth. C'est ainsi que naît le recueil *Airs*, constitué de « poèmes-instants », brefs et denses, que Philippe Jaccottet considère comme son œuvre la plus aboutie :

> Il est vrai que le poème, et plus encore le poème bref, désencombré de tout commentaire interne, tel que ceux réunis dans *Airs* reste pour moi (j'insiste sur la restriction) l'idéal, parce que c'est en lui que la lumière du monde transparaît la plus pure ; donc que c'est sous cette forme que ma parole remplit le mieux son office, l'office que je lui assigne, dès lors que je m'en suis jugé, au moins par moments, capable. (*Le Magazine littéraire*, juin 1991)

1954	Début de la guerre d'Algérie (dont l'indépendance sera proclamée en 1962).
1957	Traité de Rome (Communauté économique européenne).
1958	Ve République en France.
1964-1975	Guerre du Vietnam (les troupes américaines se retirent en 1973, le Vietnam devient communiste en 1975).

L'existence paisible à Grignan, à l'écoute des paysages, dans le cycle des saisons, est jalonnée de deuils douloureux dont témoignent les recueils de *Leçons* pour son beau-père, de *Chants d'en bas* pour sa mère. Gustave Roud meurt en 1976, Pierre-Albert Jourdan en 1981. Philippe Jaccottet évoque l'enterrement d'André du Bouchet dans *Truinas, le 21 avril 2001*, et bien d'autres pertes encore dans les notes de *La Semaison* et dans l'« Obituaire » qui ouvre son dernier recueil, *Ce peu de bruits* (2008) où se mêlent proses et poèmes. *À la lumière d'hiver* et *Pensées sous les nuages* (1983) sont encore présentés comme des recueils de poèmes. Les proses, publiées indépendamment jusqu'en 1984 (*Paysages avec figures absentes, À travers un verger, Les Cormorans, Beauregard*), rejoignent ensuite les poèmes dans *Cahier de verdure* (1990), *Après beaucoup d'années* (1994), *Et néanmoins* (2001)...

Mais, peut-être parce qu'« il n'est de fin qu'en l'immobile peur », cette existence n'a rien de sédentaire : Jaccottet effectue plusieurs retours en Suisse, de nombreux voyages à travers la France et l'Europe, en particulier en Italie et Espagne d'un côté, en Allemagne et Autriche de l'autre, voire plus loin encore, en Égypte ou en Israël. En témoignent les « notes de voyage » d'*Autriche* (1966), de *Cristal et Fumée* (1993), d'*Israël cahier bleu* (2004). Il n'est même pas besoin de voyage pour consigner quantité d'impressions fugitives, suscitées par une lecture, un paysage, une musique : les carnets de *La Semaison* en portent trace.

L'isolement de Grignan n'empêche pas non plus de nombreuses et précieuses amitiés, que ce soit avec les poètes déjà évoqués ou des peintres qui, à la suite de Gérard de Palézieux (*Remarques sur Palézieux*, 2005), viennent travailler à Grignan et collaborent à des éditions mêlant poésie et peinture, comme dans *Nuages* (2002) avec Alexandre Hollan. Que ce soit avec les langues étrangères, avec les arts plastiques, entre prose et poésie, le dialogue se poursuit…

1967	Guerre des Six Jours.
1968	En France (mais pas seulement), mouvements étudiants et grève générale (mai).
1969	Charles de Gaulle quitte le pouvoir, remplacé par Georges Pompidou.
1973	Guerre du Kippour.
1974	Mort de Georges Pompidou, élection de Valéry Giscard d'Estaing à la présidence.
	Les tensions restent vives au Proche-Orient et dans les pays arabes (révolution en Iran, en 1979).
1981	François Mitterrand est élu président (réélu en 1988).
	Ces années marquent l'effondrement des régimes communistes, symbolisé par la chute de Mur de Berlin en 1989 ; la guerre froide s'achève en 1991 avec l'éclatement de l'URSS, qui provoque en retour une crise dans les Balkans.
	C'est aussi le début de la première guerre du Golfe.
1995	Jacques Chirac est élu président (réélu en 2002).
	Les tensions israélo-palestiniennes se poursuivent (1re Intifada en 1987).
2001	Attentats du 11-Septembre aux États-Unis.
2003	Début de la 2e guerre du Golfe.
2007	Nicolas Sarkozy est élu président.
2011	Vague de révoltes au Proche-Orient à la suite de la « révolution de jasmin » en Tunisie.

Éléments pour une fiche de lecture

Regarder le tableau

- Tentez de répondre à ces questions. Parfois, aucun élément objectif ne vous le permettra, il faudra alors interpréter le tableau.
- Où est cet homme ? Que regarde-t-il ? Quelle heure est-il ? Quelle saison ? Comment est la mer ? Pourquoi porte-t-il ses mains sur son thorax ? Comment expliquer sa présence sur un rocher ?
- Parmi les éléments figurés sur ce tableau, lequel est proche de l'idée d'« infini » ?
- Ce tableau vous donne-t-il une sensation de plénitude, de joie, de tristesse, d'angoisse ? Suivant la réponse que vous apporterez, donnez-lui un nouveau titre.

On a tendance à analyser les poèmes comme des unités autonomes, indépendamment de ceux qui les entourent. Or les trois recueils ici rassemblés ont une structure très concertée.

Réfléchir sur le paratexte

- Commentez les titres de ces trois recueils. Quels peuvent être les sens du mot « leçons » ?
- Commentez les éléments qui accompagnent ou scandent l'organisation des poèmes : la note initiale, mais aussi les mises en exergue et les titres de parties. Commentez l'usage de l'italique et des parenthèses.

Structure des recueils

- Dans *Leçons*, s'articulent deux parcours, l'agonie du maître d'une part, la renaissance d'un sujet poétique éprouvé d'autre part. Pour rendre compte de ces deux parcours, vous serez particulièrement attentif à l'usage des pronoms.
- Mettez en lumière la structure de *Chants d'en bas*, en étudiant les rapports entre les poèmes d'une même section, entre les deux sections. Observez-vous des liens logiques, des échos, une progression d'un poème à l'autre ? Procédez de même pour *À la lumière d'hiver*.
- On a pu dire que ces trois recueils étaient d'une « unité farouche » : que pensez-vous de cette affirmation ?

Conception de la poésie

- À partir des nombreuses occurrences du « moi » et du « je » dans ces poèmes, tentez de construire la figure du poète qui dit ainsi « je ». Quel rapport entretient-il avec sa pratique poétique ? Comment la confrontation à la mort le contraint-il à redéfinir cette poétique ?

- Essayez de dégager la conception de la poésie qui se donne à lire dans le dernier poème de la première section d'*À la lumière d'hiver* (p. 79).
- Le deuxième poème de la deuxième section d'*À la lumière d'hiver* (p. 85) constitue un commentaire du précédent : comment interpréter la présence de cette dimension métatextuelle au sein du poème ? Comment se présente le poète dans ce texte ? Comment analyse-t-il l'apparition de l'image dont il parle ?

Motifs et analyses formelles

- Analysez la présence et le rôle du « maître » dans *Leçons*.
- Quels sont les indices qui, dans *Chants d'en bas*, nous permettent de comprendre qu'il est question de la mère du poète ? Vous vous appuierez en particulier sur le poème liminaire et sur le cinquième poème de la section « Parler ».
- Quelle représentation de la mort ces poèmes nous livrent-ils ? Vous paraît-elle violente ou au contraire apaisée ?
- Relevez les occurrences de la barque dans ces poèmes : comment s'explique sa présence dans des textes qui évoquent la mort ?
- À partir des informations fournies sur le vers libre dans la section « Genre et registre », vous tenterez de rendre compte de l'usage (ou des usages) qu'en fait Jaccottet dans ces trois recueils.
- Commentez le premier poème de la section « Parler » dans *À la lumière d'hiver*, en mettant en valeur tout ce qui fait de ce texte un « poème-discours ». Soyez particulièrement attentifs aux v. 6-10.

Sujets de réflexion

- Dans *La Semaison*, Philippe Jaccottet constate : « Conflit entre la rime et la "vérité". Je voudrais, parfois, la rime pour assurer la cohérence du poème ; comme elle me fait dire autre chose que ce que je dois, je l'abandonne, ce qui n'est pas satisfaisant non plus. » Vous analyserez ce propos en le mettant en rapport avec le recours au vers libre dans la poésie contemporaine. Quelle conception du langage est ainsi mise en avant ?
- Philippe Jaccottet écrit dans *La Promenade sous les arbres* : « C'est le triste souci de ma peau qui m'empêche d'être un vrai poète. » Vous étudierez et discuterez cette déclaration à la lumière de votre lecture des recueils au programme.
- D'après Jaccottet, la poésie serait une « parole fille de la mort contre la mort » (*La Semaison*) : dans quelle mesure les recueils au programme vous paraissent-ils confirmer cette définition ?
- Jean Michel Maulpoix écrit dans *Du lyrisme* : « Le lyrisme est la voix d'un individu auquel l'expérience infinie du langage rappelle sa situation d'exilé dans le monde, et simultanément lui permet de s'y rétablir, comme s'il pénétrait grâce à elle au cœur de l'énigme qui lui est posée par sa propre condition. » Vous commenterez ce propos à la lumière de votre lecture de Philippe Jaccottet.

Collège

Combats du 20e siècle en poésie (anthologie) (161)
Fabliaux (textes choisis) (37)
Gilgamesh et Hercule (217)
La Bible (textes choisis) (49)
La Farce de Maître Pathelin (146)
La poésie sous toutes ses formes (anthologie) (253)
Le tour du monde en poésie (anthologie) (283)
Le Livre d'Esther (249)
Les Quatre Fils Aymon (208)
Les récits de voyage (anthologie) (144)
Mère et fille (Correspondances de Mme de Sévigné, George Sand, Sido et Colette) (anthologie) (112)
Poèmes à apprendre par cœur (anthologie) (191)
Poèmes pour émouvoir (anthologie) (225)
Schéhérazade et Aladin (192)
ALAIN-FOURNIER, *Le grand Meaulnes* (174)
Jean ANOUILH, *Le Bal des voleurs* (113)
Marcel AYMÉ, *Les contes du chat perché* (6 contes choisis) (268)
Marcel AYMÉ, Ray BRADBURY, Dino BUZZATI, *3 nouvelles sur le temps* (240)
Honoré de BALZAC, *L'Élixir de longue vie* (153)
Henri BARBUSSE, *Le Feu* (91)
Joseph BÉDIER, *Le Roman de Tristan et Iseut* (178)
Henri BOSCO, *L'Enfant et la Rivière* (272)
John BOYNE, *Le Garçon en pyjama rayé* (279)
Lewis CARROLL, *Les Aventures d'Alice au pays des merveilles* (162)
Blaise CENDRARS, *Faire un prisonnier* (235)

Samuel de CHAMPLAIN, *Voyages au Canada* (198)
CHRÉTIEN DE TROYES, *Le Chevalier au Lion* (2)
CHRÉTIEN DE TROYES, *Lancelot ou le Chevalier de la Charrette* (133)
CHRÉTIEN DE TROYES, *Perceval ou Le Conte du Graal* (195)
Jean COCTEAU, *Antigone* (280)
COLETTE, *Dialogues de bêtes* (36)
Joseph CONRAD, *L'Hôte secret* (135)
Pierre CORNEILLE, *Le Cid* (13)
Charles DICKENS, *Un chant de Noël* (216)
Roland DUBILLARD, *La Leçon de piano et autres diablogues* (160)
Alexandre DUMAS, *La Tulipe noire* (213)
ÉSOPE, Jean de LA FONTAINE, Jean ANOUILH, *50 Fables* (186)
Georges FEYDEAU, *Feu la mère de Madame* (188)
Georges FEYDEAU, *Un fil à la patte* (226)
Gustave FLAUBERT, *Trois Contes* (6)
Romain GARY, *La promesse de l'aube* (169)
Théophile GAUTIER, *3 contes fantastiques* (214)
Jean GIONO, *L'Homme qui plantait des arbres + Écrire la nature* (anthologie) (134)
Nicolas GOGOL, *Le Nez. Le Manteau* (187)
Jacob et Wilhelm GRIMM, *Contes* (textes choisis) (72)
Ernest HEMINGWAY, *Le vieil homme et la mer* (63)
HOMÈRE, *Odyssée* (18)
HOMÈRE, *Iliade* (textes choisis) (265)
Victor HUGO, *Claude Gueux* suivi de *La Chute* (15)
Victor HUGO, *Jean Valjean (Un parcours autour des Misérables)* (117)
Victor HUGO, *L'Intervention* (236)
Thierry JONQUET, *La Vie de ma mère !* (106)

Charles JULIET, *L'Année de l'éveil* (243)
Joseph KESSEL, *Le Lion* (30)
Jean de LA FONTAINE, *Fables* (34)
Maurice LEBLANC, *Arsène Lupin, gentleman-cambrioleur* (252)
J. M. G. LE CLÉZIO, *Mondo et autres histoires* (67)
Gaston LEROUX, *Le Mystère de la chambre jaune* (4)
Jack LONDON, *Loup brun* (210)
Guy de MAUPASSANT, *9 nouvelles légères* (251)
Guy de MAUPASSANT, *12 contes réalistes* (42)
Guy de MAUPASSANT, *Boule de suif* (103)
Guy de MAUPASSANT, *Nouvelles animalières* (290)
MOLIÈRE, *Les Fourberies de Scapin* (3)
MOLIÈRE, *Le Médecin malgré lui* (20)
MOLIÈRE, *Trois courtes pièces* (26)
MOLIÈRE, *L'Avare* (41)
MOLIÈRE, *Les Précieuses ridicules* (163)
MOLIÈRE, *Le Sicilien ou l'Amour peintre* (203)
MOLIÈRE, *George Dandin ou Le Mari confondu* (218)
MOLIÈRE, *Le Malade imaginaire* (227)
Alfred de MUSSET, *Fantasio* (182)
Alfred de MUSSET, *Les Caprices de Marianne* (245)
George ORWELL, *La Ferme des animaux* (94)
OVIDE, *Les Métamorphoses* (231)
Amos OZ, *Soudain dans la forêt profonde* (196)
Louis PERGAUD, *La Guerre des boutons* (65)
Charles PERRAULT, *Contes de ma Mère l'Oye* (9)
Edgar Allan POE, *6 nouvelles fantastiques* (164)
Alexandre POUCHKINE, *La Dame de pique* (267)
Jacques PRÉVERT, *Paroles* (29)
Jules RENARD, *Poil de Carotte* (66)

Jules RENARD, *Poil de Carotte (Comédie en un acte)* (261)
J.-H. ROSNY AÎNÉ, *La guerre du feu* (254)
Antoine de SAINT-EXUPÉRY, *Vol de nuit* (114)
George SAND, *La Marquise* (258)
Mary SHELLEY, *Frankenstein ou Le Prométhée moderne* (145)
John STEINBECK, *Des souris et des hommes* (47)
Robert Louis STEVENSON, *L'Étrange Cas du docteur Jekyll et de M. Hyde* (53)
Jean TARDIEU, *9 courtes pièces* (156)
Michel TOURNIER, *Vendredi ou La Vie sauvage* (44)
Fred UHLMAN, *L'Ami retrouvé* (50)
Jules VALLÈS, *L'Enfant* (12)
Paul VERLAINE, *Fêtes galantes* suivi de *Poèmes saturniens* (38)
Jules VERNE, *Le Tour du monde en 80 jours* (32)
H. G. WELLS, *La Guerre des mondes* (116)
Oscar WILDE, *Le Fantôme de Canterville* (22)
Oscar WILDE, *Le Portrait de Dorian Gray* (255)
Richard WRIGHT, *Black Boy* (199)
Marguerite YOURCENAR, *Comment Wang-Fô fut sauvé et autres nouvelles* (100)
Émile ZOLA, *3 nouvelles* (141)
Stefan ZWEIG, *Nouvelle du jeu d'échecs* (263)

Lycée

Série Classiques

Anthologie du théâtre français du 20e siècle (220)
Écrire en temps de guerre, Correspondances d'écrivains (1914-1949) (anthologie) (260)
Écrire sur la peinture (anthologie) (68)

DANS LA MÊME COLLECTION

Encyclopédie ou *Dictionnaire raisonné des sciences, des arts et des métiers* (textes choisis) (142)
La poésie baroque (anthologie) (14)
La poésie de la Renaissance (anthologie) (271)
La poésie symboliste (anthologie) (266)
Dire l'amour (anthologie) (284)
Les grands manifestes littéraires (anthologie) (175)
Le sonnet (anthologie) (46)
Le Sport, miroir de la société ? (anthologie) (221)
L'intellectuel engagé (anthologie) (219)
Nouvelles formes du récit. Anthologie de textes des 50 dernières années (248)
Paroles, échanges, conversations, et révolution numérique (textes choisis) (237)
Guillaume APOLLINAIRE, *Alcools* (238)
Honoré de BALZAC, *La Peau de chagrin* + *Ces objets qui nous envahissent… Objets cultes, culte des objets* (anthologie) (11)
Honoré de BALZAC, *La Duchesse de Langeais* (127)
Honoré de BALZAC, *Le roman de Vautrin* (Textes choisis dans *La Comédie humaine*) (183)
Honoré de BALZAC, *Le Père Goriot* (204)
Honoré de BALZAC, *La Recherche de l'Absolu* (224)
Jules BARBEY D'AUREVILLY, Prosper MÉRIMÉE, *Deux réécritures de Don Juan* (278)
René BARJAVEL, *Ravage* (95)
Charles BAUDELAIRE, *Les Fleurs du Mal* (17)
Charles BAUDELAIRE, *Le Spleen de Paris* (242)
BEAUMARCHAIS, *Le Mariage de Figaro* (128)
BEAUMARCHAIS, *Le Barbier de Séville* (273)

DANS LA MÊME COLLECTION

Georges PEREC, *Quel petit vélo à guidon chromé au fond de la cour ?* (215)
Luigi PIRANDELLO, *Six personnages en quête d'auteur* (71)
Francis PONGE, *Le parti pris des choses* (170)
Abbé PRÉVOST, *Manon Lescaut* (179)
Marcel PROUST, *Du côté de chez Swann* (246)
Raymond QUENEAU, *Zazie dans le métro* (62)
Raymond QUENEAU, *Exercices de style* (115)
Pascal QUIGNARD, *Tous les matins du monde* (202)
François RABELAIS, *Gargantua* (21)
Jean RACINE, *Andromaque* (10)
Jean RACINE, *Britannicus* (23)
Jean RACINE, *Phèdre* (151)
Jean RACINE, *Mithridate* (206)
Jean RACINE, *Bérénice* (228)
Raymond RADIGUET, *Le Bal du comte d'Orgel* (230)
Rainer Maria RILKE, *Lettres à un jeune poète* (59)
Arthur RIMBAUD, *Illuminations* (193)
Edmond ROSTAND, *Cyrano de Bergerac* (70)
SAINT-SIMON, *Mémoires* (64)
Nathalie SARRAUTE, *Enfance* (28)
Jorge SEMPRUN, *L'Écriture ou la vie* (234)
William SHAKESPEARE, *Hamlet* (54)
William SHAKESPEARE, *Macbeth* (259)
William SHAKESPEARE, *Roméo et Juliette* (292)
SOPHOCLE, *Antigone* (93)
SOPHOCLE, *Œdipe Roi + Le mythe d'Œdipe* (anthologie) (264)
STENDHAL, *La Chartreuse de Parme* (74)
STENDHAL, *Vanina Vanini et autres nouvelles* (200)
STENDHAL, *Le Rouge et le Noir* (296)
Michel TOURNIER, *Vendredi ou les limbes du Pacifique* (132)

DANS LA MÊME COLLECTION

DANS LA MÊME COLLECTION

Composition Interligne
Impression Novoprint
à Barcelone, le 27 janvier 2021
Dépôt légal : janvier 2021
1er dépôt légal dans la collection : juin 2011
ISBN : 978-2-07-044370-3. / Imprimé en Espagne

379024